這些詞，原來不是貶義詞

什麼，這些詞原先沒有貶義，
甚至還帶有讚美的意思！
盤點108條詞義大反轉、
與原意大相逕庭的中文詞彙。

許暉 著

目次

第一部　褒義詞轉貶義詞

第二部　中性詞轉貶義詞

第一部

褒義詞轉貶義詞

這些詞，為什麼會「詞性大變」

「人浮於事」原來是讚美廉潔的行為

「人浮於事」是一個因為不理解原意，導致寫錯字而改變詞性的成語，是由褒義詞變成貶義詞的例子。

這個成語出自《禮記．坊記》：「子云：『君子辭貴不辭賤，辭富不辭貧，則亂益亡。故君子與其使食浮於人也，寧使人浮於食。』」鄭玄注解說：「食，謂祿也。在上曰浮。祿勝己則近貪，己勝祿則近廉。」

這是記錄孔子的話。「食」指俸祿，古代的俸祿以糧食計算，故稱「食」；「浮」不是浮起來，而是超過。孔子這段話的意思是說：如果人人都像真正的君子一樣，寧願推辭掉富貴，安貧樂道，那麼天下就不會出什麼亂子了。如果所得的俸祿超出了自己的能力和奉獻，那就類似於貪汙，為君子所不齒；只有自己的能力和奉獻超出了該得的俸祿，才能稱得上廉潔。因此，君子寧肯少拿俸祿，使「人浮於食」，也不願意「食浮於人」。

由此可知，「人浮於事」本來寫作「人浮於食」，是指個人的能力和所作的貢獻超出了該得的俸祿。只有「人浮於食」，才能稱作君子的風範，所以說這是一個褒義詞。大約到了清代，人們已經不理解這個詞最初的含義，再加上「食」和「事」同音，於是望文生義地改成了「人浮於事」，用來形容機構重疊，人員過多，或者人多事少，人人都像浮在事情的表面一樣，真正幹事的人反而很少，就此變成了一個貶義詞。

白居易有〈觀刈麥〉一詩，詩末感嘆道：「今我何功德，曾不事農桑。吏祿三百石，歲晏有餘糧。念此私自愧，盡日不能忘。」大詩人堪稱愧對俸祿的典範。

「大放厥詞」原來是讚美文章文采斑斕

「大放厥詞」今天的意思是形容人誇誇其談，大發謬論，跟古時的用法截然相反。這是一個因為從上下文中剝離出來從而導致詞性改變，由褒義詞變成貶義詞的例子。

這個成語出自韓愈所寫〈祭柳子厚文〉。柳子厚即唐代著名文學家柳宗元，字子厚。柳宗元的散文豐富多彩，是公認的散文大家。他死後第二年，韓愈為他寫了一篇祭文，其中有這樣的嘆息和讚美之詞：「子之中棄，天脫馽羈。玉佩瓊琚，大放厥詞。富貴無能，磨滅誰紀？子之自著，表表愈偉。」

「中棄」指柳宗元宦途中被貶謫；「馽」通「縶（ㄓˊ）」，拴住馬足的繩索；「玉佩」和「瓊琚」都是古人佩戴的玉製裝飾品，韓愈用這兩種精美的玉器來比喻柳宗元的文章；「厥」是代詞，他的，「大放厥詞」的意思就是指柳宗元文采斑斕，善於鋪陳華麗的詞藻。

韓愈嘆息柳宗元雖然宦途中遭貶謫，但這是上天為了讓他寫出「玉佩瓊琚，大放厥詞」的好文章，方才脫去了他的羈絆；那些富貴無能之人，聲名磨滅又有誰知道呢，而你的著述卻如此卓異，聲名更加顯赫。

明代名臣劉伯溫為《宋景濂學士文集》寫的序言能夠更清楚地看到這個成語的含義。在這篇序言中，他引用了歐陽玄讚美宋濂的話：「先生天分至高，極天下之書無不盡讀，以其所蘊，大肆厥詞。」正因為書讀得多，蘊積深厚，方才能夠發而為絢麗的文詞。「大肆」是無所顧忌的意思，「大肆厥詞」比「大放厥詞」的語感更為張揚。

由此可知，「大放厥詞」是一個對文人的文章極盡讚美之能事的成語。

「不稂不莠」原來是形容禾苗長勢良好

「稂（ㄌㄤˊ）」是一種叫狼尾草的野草，「莠（ㄧㄡˇ）」是一種叫狗尾草的野草。這兩種野草都是惡草，形狀像禾苗，間雜在禾苗中間，奪取禾苗的養分，禾苗沒有吐穗時根本無法辨別。「良莠不齊」也是同樣的意思，都是指好人壞人混雜在一起無法分清。不過，「良莠不齊」的意思非常明白，而且從古到今的意思都是一樣的，沒有什麼變化；「不稂不莠」可就不一樣了，古時候的意思跟現在的意思完全相反。

「不稂不莠」一詞出自《詩經．小雅．大田》，這是一首周王在豐收後祭祀田祖的農事詩，其中第二章吟詠道：「既方既皁，既堅既好，不稂不莠。去其螟螣，及其蟊賊，無害我田穉。」

此處出現了四種危害禾苗的害蟲：螟，螣，蟊，賊。《爾雅．釋蟲》詳細解釋了這四種害蟲的區別：「食苗心，螟；食葉，螣；食節，賊；食根，蟊。」「螟」專食禾苗的心，「螣（ㄊㄜˋ）」專食禾苗的葉子，「賊」專食禾苗的枝幹，「蟊（ㄇㄠˊ）」專食禾苗的根部。

這幾句詩，余冠英先生的譯文是：「穀粒長了穀殼，長得結實完好，沒有稂草莠草。除去青蟲絲蟲、蝗蟲和它的同夥，別禍害我的幼禾。」在這裡，「不稂不莠」是指沒有狼尾草和狗尾草等雜草，禾苗長勢良好；可是，到了現在，人們卻用「不稂不莠」來比喻沒出息的人，成不了才的人，真是和原意大相徑庭。

《紅樓夢》第八十四回〈試文字寶玉始提親　探驚風賈環重結怨〉中的一段話就是這個詞演變後的含義：「賈政道：『老太太吩咐的很是，但只一件，姑娘也要好，第一要他自己學好才好，不然不稂不莠的，反倒耽誤了人家的女孩兒，豈不可惜。』」

「不稂不莠」詞性改變的原因在於對「不」字的不同理解：〈大田〉一詩中「不」的原義是「無」，「不稂不莠」即無稂無莠，沒有這兩種惡草，因而長勢良好；後世卻理解為否定的「不是」，既不是稂，又不是莠，諷刺人沒出息到連惡草的稂、莠都長成不了，更別說長成正經的禾苗了。「不稂不莠」這個成語就此由褒義詞變成了貶義詞。

「五毒」原來是良藥

俗話說「五毒俱全」，所有的壞事全都幹盡了。「五毒」到底是哪五毒？歷來說法不一，最常見的說法是吃、喝、嫖、賭、抽，還有人說是坑、蒙、拐、騙、偷。這都是後人附會之言，用意在於勸誡有這些壞習氣的人：既然是毒，那麼就會害人害己，趕緊改正吧！

比較早的「五毒」是指五種酷刑。在為《資治通鑒．漢明帝永平十四年》所作的注中，宋元間學者胡三省解釋說：「五毒，四肢及身備受楚毒也。或云，鞭、箠及灼及徽、纆為五毒。」「鞭」是鞭笞罪人之刑；「箠」是竹杖，用竹杖鞭笞之刑；「灼」是燒灼之刑；「徽」是三股的繩索，捆縛之刑；「纆（ㄇㄛˋ）」是兩股的繩索，也是捆縛之刑。

但是比起明代的「五毒」來，胡三省所說的「五毒」卻是小巫見大巫了。據《明史．刑法志》記載：「全刑者曰械，曰鐐，曰棍，曰拶，曰夾棍。五毒備具。」「械」是腳鐐手銬等桎梏之刑；「鐐」是套縛腳腕，使不能快走之刑；「棍」是棍棒之刑；「拶（ㄗㄢˇ）」是擠壓之刑，比如拶指是夾手指之刑；「夾棍」是用兩根木棍製成，夾犯人腿部之刑。

古時候五種毒蟲也稱作「五毒」。清代學者呂種玉《言鯖》一書有「穀雨五毒」一條，其中說：「古者青齊風俗，於穀雨日畫五毒符，圖蠍子、蜈蚣、蛇虺、蜂、蜮之狀，各畫一針刺，宣布家戶貼之，以禳蟲毒。」「虺（ㄏㄨㄟˇ）」是大毒蛇，蛇虺泛指蛇類；「蜮（ㄩˋ）」是傳說中一種能夠含沙射人的怪物，也有說是蛤蟆的別名。還有一種說法是蛇、蠍、蜈蚣、壁虎、蟾蜍合稱「五毒」。

但是追根溯源，這些都不是最早的「五毒」。段玉裁在《說文解字注》中如此解釋「毒」字：「毒兼善惡之詞，猶祥兼吉凶，臭兼香臭也。」古時候無論吉凶都稱「祥」，無論香臭都稱「臭（ㄒㄧˋ）」，因此，無論善惡都稱「毒」。最早的「五毒」就是「兼善惡之詞」。

《周禮》載，周代有瘍醫的官職，「凡療瘍，以五毒攻之」，鄭玄注解說：「五毒，五藥之有毒者。今醫方有五毒之藥，作之，合黃堥，置石膽、丹砂、雄黃、礜石、慈石其中，燒之三日三夜，其煙上著，以雞羽掃取之，以注創，惡肉破，骨則盡出。」

「五毒」即石膽、丹砂、雄黃、礜石、慈石。石膽主明目、金創等症；丹砂主心悸、驚風等症；雄黃主瘧疾等症及殺蟲；礜（ㄩˋ）石主殺鼠；慈石即磁石，主眩暈、耳聾等症。其中除慈石無毒、丹砂毒性小之外，其餘三種藥材都有毒。

按照鄭玄記載的醫方，將這五種藥材放到黃土製成的瓦器即黃堥（ㄇㄡˊ）中，燒上三天三夜，用雞毛掃取產生的粉末，塗抹到瘡口上，效果非常靈驗。因此這五種藥材所產生的藥性可謂酷毒，「兼善惡之詞」的「五毒」，其實乃是良藥；也正是因為「兼善惡之詞」，才會隨著時代的變遷，從褒義詞變成了「五毒俱全」的貶義詞。

「天花亂墜」原來是形容佛陀講經的奇景

佛經《妙法蓮華經》卷一中栩栩如生地描繪了佛陀釋迦牟尼為諸菩薩講解《大乘經》後的生動場景：「佛說此經已，結跏趺坐，入於無量義處三昧，身心不動。是時天雨曼陀羅華、摩訶曼陀羅華、曼殊沙華、摩訶曼殊沙華，而散佛上，及諸大眾。普佛世界，六種震動。」

佛教中，修行者的標準坐姿是兩足交叉置於左右股上，這就叫「結跏趺坐」。「跏」的本義是腳向裡彎曲，「趺」的本義是腳背，「跏趺」即指兩腳向裡彎曲，腳背朝下的坐姿。

佛陀此經一講完，天上降下四種奇花，分別為：曼陀羅華，摩訶曼陀羅華，曼殊沙華，摩訶曼殊沙華。曼陀羅花是一年生草本植物，別名風茄兒、洋金花；曼殊沙花即石蒜花，俗稱龍爪花，石蒜科多年生草本植物。「摩訶」是梵語譯音，意為大、多、勝，可見乃是天上之花。

不過也有人認為曼殊沙花指紅花石蒜，曼陀羅花指白花石蒜，而「曼陀羅」才指茄科的風茄兒。這種區別早已被後人混淆了。

佛陀講完經後的這一幕景象，就是現在經常使用的成語「天花亂墜」的原始出處。在佛教中，「天花亂墜」本來是指講經講到妙處時感動了上天，因而降下的一種吉祥景象，《大乘本生心地觀經》中同樣記載了這種奇異的天象：「六欲諸天來供養，天華（花）亂墜遍虛空。」包括四種奇花在內的更多的天花「於虛空中繽紛亂墜」，恰是「天花亂墜」這一奇景的形象寫照。

但因為佛教是從印度傳來的外來宗教，中國人不相信這種奇異的天象，就把出自佛經的「天花亂墜」一詞歪曲成光會說漂亮話卻不切實際的意思，「天花亂墜」遂由褒義詞變成了貶義詞。

不過「天花」畢竟是一種非常美麗的意象，因此紅色、黃色、白色的純潔的佛教之花同樣成為傳統文化的經典意象。宋代詩人楊傑〈雨花臺〉一詩中有四句吟詠「天花」：「貝葉深山譯，曼花半夜飛。香清雖透筆，蕊散不沾衣。」「貝葉」指佛經，佛經在深山中傳譯；「曼花」即曼陀羅花。蘇轍也有一首〈雨花岩〉專詠「天花」：「岩花不可攀，翔蕊久未墮。忽下幽人前，知子觀空坐。」其中「翔蕊」描寫的就是「天花亂墜」的美麗景象。

「心腹」和「爪牙」原來都是讚美之詞

「心腹」和「爪牙」今天的意思跟狗腿子、走狗差不多，不過古時候的意思卻大有不同。

先說「心腹」。「心腹」的本義是心和腹，《戰國策．秦策》：「秦韓之地形，相錯如繡。秦之有韓，若木之有蠹，人之病心腹。天下有變，為秦害者莫大於韓。」這是范雎對秦昭王的分析，韓國西近秦國，南臨楚國，戰略地位非常重要，一旦發生戰事，韓國加盟哪一方對秦國影響很大，因此范雎說秦韓兩國就像木頭和裡面的蠹蟲，又像心和腹生病一樣，息息相關，因此而有「心腹之患」這個成語，《後漢書．陳蕃傳》：「寇賊在外，四肢之疾；內政不理，心腹之患。」

「心腹」後來引申為要害部位，又引申為親信，身邊值得信任的參與機密的人。《後漢書．竇融傳》：「既平匈奴，威名大盛，以耿夔、任尚等為爪牙，鄧疊、郭璜為心腹。」這裡「爪牙」和「心腹」同時出現，並沒有任何貶義的成分，相反是讚美之詞。古人從來沒有把「心腹」當作貶義詞使用過。

再說「爪牙」。「爪牙」本來是一個中性詞，是對人的指甲和牙齒、動物的尖爪和利牙的客觀描述，比如《呂氏春秋．恃君》：「凡人之性，爪牙不足以自守衛。」《荀子．勸學》：「螾無爪牙之利，筋骨之強，上食埃土，下飲黃泉，用心一也。」用的都是「爪牙」一詞的本義。

不過，「爪牙」更多的是被當作褒義詞使用，用來比喻勇士、衛士和武臣，也形容勇武。《詩經．小雅．祈父》：「祈父，予王之爪牙，胡轉予於恤，靡所止居？」祈父是掌管兵權的官員，即大司馬。這句詩的意思是：祈父啊，我是王的衛士，為何讓我去征戍，沒有住所，一點兒都不安定？鄭玄注解「爪牙」一詞為「此勇力之士」。《漢書．陳湯傳》：「戰克之將，國之爪牙，不可不重也。」這些用法都是褒義詞，君王和國家的衛士、武將才有資格被稱為「爪牙」。《國語．越語》：「雖無四方之憂，然謀臣與爪牙之士，不可不養而擇也。」這裡的「爪牙」形容勇武的將領，也是對「爪牙」的讚美之詞。

「爪牙」最早被當作貶義詞使用，出自司馬遷的《史記．酷吏列傳》，針對酷吏張湯寫道：「是以湯雖文深意忌不專平，然得此聲譽，而刻深吏多為爪牙用者。」這段話的意思是：張湯雖然執法嚴酷，內心嫉妒，處事不純正公平，卻得到了好名聲，那些執法酷烈刻毒的官吏都被他用為屬吏。這裡「爪牙」一詞即黨羽、幫兇之意。

「心懷叵測」的「叵測」原來是形容學問深不可測

「叵（ㄆㄛˇ）」是「可」的反字，即把「可」反過來寫就是「叵」，因此本義就是「不可」。「叵測」是不可預測的意思，今天專用於貶義，形容詭詐難測，比如居心叵測、心懷叵測，形容人內心的詭詐深不可測。

《新唐書．尹愔傳》載，尹愔（ㄧㄣ）是唐玄宗時期著名的博學之士，尤其精通老子的《道德經》，因此做了道士。玄宗好道，將尹愔召入宮中聊天，一聊之下，非常投機，立刻封官，請他領頭修國史。尹愔是道士啊，堅決推辭不幹，玄宗於是下詔，特許尹愔可以穿著道士服上班，尹愔這才就職。尹愔經常在國子監講學，闡發自己的獨到見解，「聽者皆得所未聞」。

年輕的時候，尹愔曾經在國子監學習，師從國子博士王道珪。尹愔是王道珪的學生中最有學問的，因此王道珪對別人稱讚道：「吾門人多矣，尹子叵測也。」王道珪認為學生中只有尹愔的學問深不可測，別的學生都比不上他。

當「叵測」和人心聯繫在一起，形容人心深不可測時，就偏向了貶義。羅貫中《三國演義》第五十七回〈柴桑口臥龍弔喪 耒陽縣鳳雛理事〉，曹操欲遠征東吳，又怕西涼馬騰來襲許都，便先召馬騰入京，馬騰的侄子馬岱勸諫道：「曹操心懷叵測，叔父若往，恐遭其害。」

「心懷叵測」、「居心叵測」這兩個成語，今天只用於貶義，而且語感非常嚴重。

「牛鬼蛇神」原來是佛法的守護神

「牛鬼蛇神」這個俗語來源於佛教用語。「牛鬼」和「蛇神」分屬不同的兩種類別。顧名思義，「牛鬼」屬鬼的系統，「蛇神」屬神的系統。「牛鬼」是地獄中的牛頭鬼卒，名叫阿旁，連稱為「牛頭阿旁」，比如《佛說五苦章句經》中寫道：「獄卒名傍，牛頭人手，兩腳牛蹄，力壯排山，持鋼鐵叉。」《佛說罪業報應教化地獄經》中也寫道：「復有眾生，常在鑊湯中，為牛頭阿傍以三股鐵叉內著鑊湯中，煮之令爛，還復吹活而復煮之。」可見，牛頭阿旁的特點是力大如牛，任務是負責懲罰那些墮入地獄的壞人。

「蛇神」屬「天龍八部」系統中的一種。佛教分諸天、龍及鬼神為八部，因八部中以天、龍二部居首，故曰「天龍八部」，後來被金庸先生用作了武俠小說的書名。「天龍八部」分別是：一天眾，即眾天神；二龍眾，職掌興雲布雨的龍王；三夜叉，佛教的護法神；四乾闥婆，身上散發出濃郁的香氣，管理音樂的神；五阿修羅，專門與佛作對，好戰的惡神；六迦樓羅，即大鵬金翅鳥，岳飛就是這種神鳥的轉世；七緊那羅，歌神，專門演奏法樂的音樂家；八摩侯羅迦，大蟒蛇神，人首蛇身。「蛇神」即八部最後一部的摩侯羅迦，大蟒蛇神，職責是守衛佛法。

最早將「牛鬼」和「蛇神」組合在一起使用的是唐代詩人杜牧，在為《李賀歌詩集》所寫的序中，杜牧評價道：「鯨呿鼇擲，牛鬼蛇神，不足為其虛荒誕幻也。」「呿（ㄑㄩ）」指張開口。杜牧形容李賀的詩歌風格像鯨魚張口，像巨鼇跳躍，又似牛鬼蛇神，非人間所有。這裡的「牛鬼蛇神」顯然是褒義詞，不過，「虛荒誕幻」、神奇莫測的風格不容易被人理解，就如同佛法的守護神牛鬼和蛇神相貌離奇一樣，因此「牛鬼蛇神」慢慢地就引喻為歪門邪道、陰暗醜惡的東西，從而變成了貶義詞。

「皮裡陽秋」原來是褒獎人有氣度

「皮裡陽秋」這個成語本來寫作「皮裡春秋」，到了東晉，簡文帝司馬昱的母親鄭太后名叫阿春，為了避她的諱，才改為「皮裡陽秋」。「皮」指外表，「裡」指內心，「春秋」即孔子所修的史書《春秋》。「皮裡陽秋」的意思就是表面上不作評論，內心卻有所褒貶。《春秋》為什麼會有褒貶之意呢？

《春秋》是魯國史書，相傳為孔子所修，後來成為儒家經典之一。經學家們認為《春秋》一書每用一字，必寓褒貶，因此而把行文曲折但是暗含褒貶的文字稱作「春秋筆法」。《左傳》的作者左丘明曾經概括過這種「春秋筆法」：「《春秋》之稱，微而顯，志而晦，婉而成章，盡而不汙，懲惡而勸善，非賢人誰能修之？」稱頌「春秋筆法」用詞細密而含義顯豁，如實記載而含蓄深遠，婉轉而有條理，窮盡而無所歪曲，懲惡而勸善。

孔子修《春秋》，講究的是微言大義，深刻的道理要包含在含蓄微妙的言語之中，因此行文中不直接闡述對人物或事件的看法，而是通過細節描寫、修詞手法和材料的篩選，委婉而微妙地表達自己的褒貶之意。這是古人修史的獨特之處。但也正因為如此，孔子去世後，《春秋》中的微言大義再也沒有人懂得了，後世才湧現出許許多多闡述孔子微言大義的著作。

《世說新語．賞譽》載：東晉官員桓彝稱讚名士褚季野「皮裡陽秋」，謝安也稱讚他「雖不言，而四時之氣亦備」。「四時之氣」指一年四季的氣象，比喻人的氣度弘遠，由此可見，褚季野做人非常有氣度，所謂「皮裡陽秋」，心裡明白是非曲直，但講究禮節，絕不當面指摘別人的缺點。

但這一褒獎的反面，也可以用來比喻人虛偽，當面不願作評論，以免得罪人，因此後世就變成了一個貶義詞。比如《紅樓夢》中薛寶釵詠螃蟹的詩作：「桂靄桐陰坐舉觴，長安涎口盼重陽。眼前道路無經緯，皮裡春秋空黑黃。」就是對那些無法無天、詭計多端的世人的刻毒諷刺。

「危言」原來是正直的話

在今天的語境中，「危言」是一個不折不扣的貶義詞，而且不單獨使用，僅用於「危言聳聽」這個常用的成語，形容故意說嚇人的話或口出驚人之語，目的是使人驚恐。

不過，追溯「危言」一詞的源頭，卻可以發現，「危言」原來指正直的話。

「危言」為什麼會具備這樣的義項呢？先來看「危」這個字。「危」的造字原理，正如日本漢學家白川靜先生《常用字解》所說：「形示高高的『厂』（崖之形）上有人跪著往下看，因此有危險之義……義示跪著的人處於山崖下。」因此，《說文解字》釋為：「危，在高而懼也。」

也就是說，「危」具備兩層含義：一是居於高處、高聳，二是因居於高處而恐懼。由「危」所組成的一切漢語詞彙中，這兩層含義都非常奇妙地共處其中，因取捨的不同而呈現出不同的義項。比如「危樓」的稱謂，古時指高樓，李白名作〈夜宿山寺〉：「危樓高百尺，手可摘星辰。不敢高聲語，恐驚天上人。」取的就是第一層含義。而今天則指即將坍塌的危險樓房，取的則是第二層含義。

「危言」也不例外。《論語．憲問》記載了孔子的一句名言：「子曰：『邦有道，危言危行；邦無道，危行言孫。』」這裡的「危」，歷代學者們都注解為「厲」，即嚴厲；凡是能夠說出嚴厲的話語的人，一定處於居高臨下的地位，因此，嚴厲的義項仍然由「危」的第一層含義引中而來。具體到「子曰」的語境，「危言」則專指針對統治者所說的話，而針對統治者進行勸諫的言論，一定是正直的言論，因此，「危言」即指正直的話。

「孫」通「遜」，謙遜，恭順。孔子這句名言的意思是：「國家有道的時候，可以說正直的話，做正直的事；國家無道的時候，可以做正直的事，但是說話要謙順謹慎。」三國學者何晏注解說：「厲行不隨俗，順言以遠害。」邢昺進一步注解說：「邦有道，可以厲言行；邦無道，則厲其行，不隨汙俗，順言辭以避當時之害也。」之所以「危行言孫」，是因為國家無道的時候，如果繼續「危言」，就會因言獲罪，危害生命，因此要言語謹慎以避禍。

《漢書·賈捐之傳》載，今屬海南島的珠崖郡造反，漢元帝欲發兵征伐，賈捐之上疏反對出兵，這就是歷史上著名的〈棄珠崖議〉。文章一開頭，賈捐之就寫道：「臣幸得遭明盛之朝，蒙危言之策，無忌諱之患，敢昧死竭卷卷。」顏師古注解說：「危言，直言也。言出而身危，故云危言。」「卷卷」通「拳拳」，拳拳之心，形容誠摯之貌。正因為漢元帝統治時期乃「明盛之朝」，賈捐之才敢口出「危言」，而漢元帝從諫如流，採納了賈捐之的諫言。

同「危樓」一樣，後世的「危言聳聽」一詞，取的也是「危」的第二層含義，即「危言」的目的是聳人聽聞，使人恐懼。這真是一個有趣的語言現象：古時所取的第一層含義，使「危言」成為一個褒義詞，正直的大臣用正直的言論來勸諫國君；而後世所取的第二層含義，卻使「危言」變成了一個貶義詞。

「吝嗇」原來是對大地母親的讚美

誰都明白「吝嗇」是什麼意思，而且在日常口語中，這個詞的語感很重，如果被別人評論為「吝嗇」，那是極大的羞辱。但是，這個詞的本義卻並非如此。

「吝嗇」一詞出自《周易．說卦》。古人認為乾為天，坤為地，所謂天父地母。在論述乾和坤的特性時，有這樣一段對比：「乾為天，為圜，為君，為父，為玉，為金，為寒，為冰，為大赤，為良馬，為老馬，為瘠馬，為駁馬，為木果；坤為地，為母，為布，為釜，為吝嗇，為均，為子母牛，為大輿，為文，為眾，為柄。」

孔穎達如此解釋「乾」的一段話：「乾既為天，天動運轉，故為圜（ㄏㄨㄢˊ）也；為君為父，取其尊道而為萬物之始也；為玉為金，取其剛之清明也；為寒為冰，取其西北寒冰之地也；為大赤，取其盛陽之色也；為良馬，取其行健之善也；為老馬，取其行健之久也；為瘠馬，取其行健之甚，瘠馬，骨多也；為駁馬，言此馬有牙如倨，能食虎豹；為木果，取其果實著木，有似星之著天也。」

然後又解釋「坤」的一段話：「坤既為地，地受任生育，故謂之為母也；為布，取其地廣載也；為釜，取其化生成熟也；為吝嗇，取其地生物不轉移也；為均，取其地道平均也；為子母牛，取其多蓄育而順之也；為大輿，取其能載萬物也；為文，取其萬物之色雜也；為眾，取其地載物非一也；為柄，取其生物之本也。」

這兩段解釋意思非常明白，不再詳述。其中孔穎達注解「吝嗇」一詞說：「為吝嗇，取其地生物不轉移也。」這句話仍嫌含糊，高亨先生則解說得更加清晰：「地生養草木，草木固植於一處，不能自移，且離地即死，是地保守其財物也。」原來，《周易》所說的「吝嗇」是大地（坤）的美德之一，即保養大地上的一切生物，不使一切生物因為轉移而死去。所謂大地母親（坤為母），正是這個意思。

要理解「吝嗇」為什麼是對大地母親的讚美，就要明白「吝」和「嗇」這兩個字的本義。「吝」是一個會意字，從口從文，會意為顧惜之意表現在臉色上；「嗇」也是一個會意字，是「穡」的本字，本義為將穀物收穫入倉。因此「吝嗇」的本義就是顧惜收穫的穀物，引申為保守、保養大地上的萬物，後來這個本義漸漸失去，移用到人的身上，才變成一個貶義詞，形容過分愛惜自己的財物，該用的時候也不捨得用，小氣得很。

「明目張膽」原來是形容有膽有識

成語「明目張膽」今天只用作貶義詞，形容公開作惡，無所畏忌。但它的本義卻是形容有膽有識，敢作敢為。

《晉書．王敦傳》載：東晉權臣王敦個性冷酷，野心很大。晉明帝即位後，王敦起兵反叛朝廷，不料在這個節骨眼上生了重病，臥床不起。於是王敦任命哥哥王含為元帥，率兵三萬攻打建康（今南京）。晉王室則任命王敦的堂弟王導為大都督。王導的態度很明朗，那就是盡忠高於親情，堅決支持晉王室的討逆行動。

王含率領的叛軍到達建康城外，王導給王含寫了一封信，其中說道：「今日之事，明目張膽為六軍之首，寧忠臣而死，不無賴而生矣。」這番話慷慨激烈，表示自己世受皇恩，要「明目張膽」、敢作敢為地率領六軍跟叛軍戰鬥到底，寧願當忠臣而死，不願偷生。

兩軍一交戰，王含首戰失利，王敦竟至於憂憤而死，叛軍遂告瓦解。

這就是「明目張膽」這個成語的出處。

《舊唐書．韋思謙傳》載：韋思謙擔任監察御史時，常說：「御史走出國都，所到之處，如果不能動搖山岳，震懾州縣，那便是失職。」中書令褚遂良利用職權賤買田地，韋思謙上書彈劾，褚遂良被貶官。不久後，褚遂良又官復原職，對韋思謙打擊報復，將他趕出京城，貶為一個小小的清水縣令。有人來慰問時，韋思謙回答說：「我是狂放粗率的性格，如果被授予大權，遇事就要發作，身遭災禍理所應當。大丈夫身居剛正之位，必明目張膽以報國恩，終不能為碌碌之臣保妻子耳。」

明目，睜亮眼睛；張膽，放開膽量。王導和韋思謙口中的「明目張膽」都是褒義詞。大約到了明清時期，「明目張膽」才由褒義詞演變成貶義詞，意思猶如明火執仗地幹壞事。

「附庸風雅」原來是對詩文的讚譽

今天所使用的「附庸風雅」這個成語是一個不折不扣的貶義詞，用來貶低那些沒有文化卻硬要裝出一副有文化的樣子的人。

「附庸風雅」是動賓結構，「附庸」是動詞，追隨之意，「風雅」泛指文化。但是在古代，「附庸」和「風雅」卻是兩回事，而且兩者之間沒有任何關係，不存在追隨的關係。

「附庸」本指依附於諸侯國的小國。《禮記・王制》載：「天子之田方千里，公、侯田方百里，伯七十里，子、男五十里。不能五十里者，不合於天子，附於諸侯，曰附庸。」周天子之下共有五等爵位，依次是公、侯、伯、子、男。分封的土地，公和侯是方圓百里，伯方圓七十里，子和男方圓五十里，不滿五十里的更小的封地要依附於諸侯國，稱作「附庸」。

為什麼叫「附庸」呢？鄭玄注解說：「小城曰附庸。附庸者，以國事附於大國，未能以其名通也。」孔穎達進一步解釋說：「庸，城也。謂小國之城，不能自通，以其國事附於大國，故曰附庸。此不能五十里，故為小國之城。」也就是說，「庸」通「墉」，本義是城牆，代指小城。「不合」指不能跟諸侯一起集合朝會天子，不滿五十里的封地，國事都要依附於封地更大的諸侯國，也沒有資格參加周天子的朝會。

由此可知，「附庸」是一個名詞。

那麼「風雅」又為什麼泛指文化呢？說起來很簡單，「風」和「雅」就是《詩經》中的「風」、「雅」。「風」是各諸侯國的民歌，稱作十五國風，共一百六十篇；「雅」又分大雅、小雅，是周王室「邦畿」之內的音樂，被尊崇為正聲，共一百零五篇；此外還有「頌」，是專門用於宗廟祭祀的音樂，共四十篇。「風雅頌」或者「風雅」就用來代指《詩經》，「風雅」因此也用來泛指詩文之事和文化。

「附庸」和「風雅」連用，可以查到的最早文獻，乃是清代康熙年間的史學家姚之駰所著《元明事類鈔》，該書卷十六有「附庸風雅」一條：「陳仲醇通明俊邁，短章小詞皆有風致，亦可裝點山林，附庸風雅。」陳繼儒，字仲醇，號眉公，明代著名文學家、書畫家。「裝點山林，附庸風雅」一語本為文壇領袖錢謙益誇讚陳繼儒之詞，意為陳繼儒的「短章小詞」可以歸入「風雅」一類，很明顯是褒義詞，而且把「附庸」從「依附於大國之小城」的名詞變成了動詞，意思是依附於，可謂活學活用。

不過，陳繼儒曾在小昆山隱居，有隱士之名，卻又周旋於高官顯貴之間，為時人所詬病，錢謙益的八字評語未始不含有微譏之意：「裝點山林」隱隱譏其隱居山林，「附庸風雅」隱隱譏其周旋權貴。因此，乾隆年間戲曲家蔣士銓所作傳奇《臨川夢》有〈隱奸〉一齣，描寫陳繼儒上場的開場詩就化用並擴充了錢謙益的評語：「妝點山林大架子，附庸風雅小名家。終南捷徑無心走，處士虛聲盡力誇。獺祭詩書充著作，蠅營鐘鼎潤煙霞。翩然一隻雲間鶴，飛去飛來宰相衙。」從此之後，「附庸風雅」方才成為貶義詞。

「拾人牙慧」的「慧」不是指殘渣

「拾人牙慧」這個成語的意思是：拾取別人的一言半語當作自己的話來說，形容那些沒有自己獨立見解，只知道人云亦云，發表些老套觀點的人；也用來比喻竊取別人的語言和文字。

「牙慧」一詞屬最典型的俗語誤用，很多辭典都把「牙慧」解釋成牙齒裡面的殘渣，「拾人牙慧」即拾取別人牙齒後面的殘渣，這真是天大的笑話！「慧」這個字從來沒有飯菜殘渣的義項。

「牙慧」一詞出自《世說新語．文學》：「殷中軍云：『康伯未得我牙後慧。』」這句話因為沒有上下文而被很多人誤解，通常的解釋是：「康伯連我牙齒縫裡咀嚼後的殘渣都沒有拾到。」

唉！望文生義真是害死人！這明明是一句表揚的話，卻被誤解為批評的話。

殷中軍即殷浩，曾經擔任過中軍將軍的官職，故稱殷中軍，東晉玄學家，「咄咄怪事」這個成語就出自他；康伯即韓伯，字康伯，曾任太常一職，也是玄學家。殷浩是韓伯的舅舅。

韓伯小時候就很聰明，《晉書．韓伯傳》評價他「清和有思理」。《世說新語．賞譽》載：「殷中軍道韓太常曰：『康伯少自標置，居然是出群器。及其發言遣詞，往往有情致。』」對外甥既然有這麼高的評價，殷浩怎麼可能批評他拾自己的牙慧呢！而且殷浩被罷黜流放到東陽郡信安縣時，因為素來賞識、喜愛韓伯，就讓韓伯陪同，舅甥二人共同生活了一年。

原來，「牙後慧」的「慧」不是指殘渣，而是指智慧、見解，「牙後慧」就是從口中表達出來的觀點。「康伯未得我牙後慧」的正確解釋是：「康伯沒有亦步亦趨地模仿我的見解來發言，他有自己獨立的見解。」因此這是一句表揚的話。後人不解本義，把這句話的意思加以變通，便形成了「拾人牙慧」這個成語，當作貶義詞來使用了，如清代文學家袁枚在〈寄奇方伯書〉中議論道：「著書立說，最怕雷同，拾人牙慧；賦詩作文，都是自寫胸襟。」

「差強人意」原來指振奮人的意志

「差強人意」這個成語現在的意思是勉強還能讓人滿意，雖然不能說是貶義詞，但也決不是褒義詞。殊不知這個成語誕生的時候，卻恰恰是一個褒義詞！

「差強人意」一詞出自《後漢書．吳漢傳》。吳漢是東漢中興名將，在著名的「雲臺二十八將」中排名第二。吳漢性格強悍，「諸將見戰陣不利，或多惶懼，失其常度。漢意氣自若，方整厲器械，激揚士吏。帝時遣人觀大司馬何為，還言方修戰攻之具，乃嘆曰：『吳公差強人意，隱若一敵國矣！』」

吳漢時任大司馬，戰爭不利的時候，他還能夠意氣自若，一點兒不驚慌，因此光武帝劉秀才會稱讚他「差強人意」。這裡的「差」是甚、殊的意思，「強」是勸勉、振奮的意思，「差強人意」的意思就是非常能夠勸勉、振奮人的意志。由此可見，「差強人意」乃是一個地地道道的褒義詞，否則劉秀也不會用這個詞來讚揚他。

不過，「差強人意」一詞慢慢加以演變，「差」演變為稍微、大致、比較的意思，「強」演變為勉強的意思，順理成章地，「差強人意」的意思就演變為大致、勉強還能讓人滿意，演變成了一個勉勉強強、窩窩囊囊、不情不願的詞，離貶義詞只有一步之遙。

細細玩味一下《周書．李遠傳》的記載，就能看出「差強人意」一詞的演變軌跡。

高仲密是權臣高歡控制的東魏的北豫州刺史，想把北豫州獻給權臣宇文泰控制的西魏政權，但中間隔著高歡的大軍，宇文泰很為難。宇文泰的手下官員李遠（字萬歲），獻計道：「按照常理，確實難以救援高仲密，但俗話說不入虎穴，焉得虎子，出奇兵或許可以奏效；如果失敗了，那也是兵家常事。」宇文泰喜道：「李萬歲所言，差強人意。」在沒有更好的辦法的情況下，只能依此計而行，故曰「差強人意」，勉強還能讓人滿意；至於能否成功，那就只能看天意了！

「臭味相投」原來是形容同類相聚

「臭味相投」這個成語，古今詞義完全相反，根源在於「臭」字的演變。《說文解字》：「臭，禽走，臭而知其跡者犬也。」禽獸脫逃，狗嗅著氣味發現它們的蹤跡。宋代字書《廣韻》釋義：「臭，凡氣之總名。」所有的氣味，不論香臭皆稱「臭」。如《易經．繫辭》之語：「二人同心，其利斷金；同心之言，其臭如蘭。」同心同德之言，氣味就像蘭花那樣馥鬱芳香。這個義項的「臭」讀ㄔㄡˋ。

「臭」還有一個義項，用鼻子聞，讀ㄒㄧㄡˋ，與「嗅」相通。

但今天的辭典大多與之相反：把氣味總名之「臭」讀ㄒㄧㄡˋ，把香氣和穢惡之氣的「臭」讀ㄔㄡˋ。不過也已約定俗成，不能說錯誤。

《左傳．襄公八年》載，晉國國卿范宣子訪問魯國，即席朗誦了《詩經．國風》中的〈摽有梅〉一詩。摽（ㄆㄧㄠˇ），墜落，「摽有梅」即梅子紛紛墜落。這首詩吟詠一位女子於暮春時分看到梅子落地，深感青春將逝，希望及時婚嫁。范宣子吟誦這首詩，意思是寄望於魯國及時出兵，一同伐鄭。魯國國卿季武子回應道：「誰敢哉？今譬於草木，寡君在君，君之臭味也。歡以承命，何時之有？」意思是說：誰敢不及時出兵？拿草木作比的話，你們晉國國君是花和果實，我們魯國國君只是花和果實散發出來的氣味而已。欣喜以承擔命令，哪裡敢不及時呢？

臭味，杜預注解說：「言同類。」既言同類，季武子當然不會把兩國國君比作壞人，因此這裡的同類之稱乃是褒義詞。東漢學者蔡邕在〈玄文先生李休碑〉中描述品行高潔的李休死後，「凡其親昭朋徒，臭味相與，大會而葬之，鼎俎之禮，節文曲備」。親昭，親屬；鼎俎，祭祀時盛載動物牲體的禮器；節文，禮節、儀式。「臭味相與」就是指與李休思想、情趣相同的親屬和朋輩聚在一起，為他舉行隆重的葬禮。這個詞哪裡有絲毫的貶義？恰恰相反，是對李休及其親屬、朋輩的稱頌之詞。

明代文學家馮夢龍《醒世恆言》第二十六卷〈薛錄事魚服證仙〉，描寫青城縣縣尉薛偉與兩位同僚相處甚歡，「這三位官人，為官也都清正，因此臭味相投。每遇公事之暇，或談詩，或弈棋，或在花前竹下，開樽小飲，彼來此往，十分款洽」。「臭味相投」，正是讚揚三位清正官員的褒詞。

後世字義分化，將「臭」的含義縮小為香臭之臭，「臭味相投」遂一變而為專指惡臭的氣味，也就順理成章地從褒義詞變成了貶義詞。

「採花」原來是比喻美好的愛情

《三俠五義》第六十二回〈遇拐帶松林救巧姐〉：「細細打聽，方才知道是個最愛採花的惡賊，是從東京脫案逃走的大案賊。」《三俠五義》是清代小說，可見至遲到清代，「採花」一詞已經成為夜入民宅、姦汙婦女的代名詞。現代武俠小說中屢屢出現的採花賊、採花大盜等稱謂，也正是使用的這個意義。不過，「採花」原來是古代民間一項極其美好的習俗。

宋人郭茂倩所輯《樂府詩集》中收錄了無名氏的一首〈于闐採花〉：「山川雖異所，草木尚同春。亦如溱洧地，自有採花人。」描述西域的于闐如同中原的溱洧（ㄓㄣ ㄨㄟˇ）之地一樣也有採花人。溱洧指鄭國的溱水和洧水。《詩經・鄭風・溱洧》一詩吟詠鄭國的青年男女結伴春遊之樂，兩段的結句分別是：「維士與女，伊其相謔，贈之以芍藥。」「維士與女，伊其將謔，贈之以芍藥。」每年仲春，鄭國的少男少女們齊集溱洧河畔遊春，並互相贈送芍藥，芍藥因此成為男女愛慕之情的象徵。

這樣一首表達美好愛情的詩篇，竟然被《毛傳》稱之為「刺亂也」，孔穎達甚至進一步發揮說：「維士與女，因即其相與戲謔，行夫婦之事。及其別也，士愛此女，贈送之以芍藥之草，結其恩情，以為信約。男女當以禮相配，今淫泆如是，故陳之以刺亂。」此詩因此被後世的道學家們誣為淫詩，採芍藥之花並相贈的美好習俗從此成為淫佚的象徵。這就是「採花」比喻姦汙婦女的最早語源。

「于闐採花」是陳、隋間的曲名，後來李白也寫過一首同名詩篇：「于闐採花人，自言花相似。明妃一朝西入胡，胡中美女多羞死。乃知漢地多名姝，胡中無花可方比。丹青能令醜者妍，無鹽翻在深宮裡。自古妒蛾眉，胡沙埋皓齒。」此詩吟詠王昭君的美貌，並抒發自古以來美人多遭嫉妒的情感。將王昭君比作美麗的花兒，這是對王昭君的讚美之詞，並無後世「採花賊」行徑的骯髒。

從「贈之以芍藥」美好的「採花」習俗，一變而為淫亂的「採花」行徑，人心之不古，在這個詞的演變中可以看得清清楚楚。道學家們極其骯髒的內心，玷汙了這朵美麗的芍藥花，「採花」一詞也從美好習俗的用語變成了貶義詞。

「渾家」原來是對妻子的美稱

宋元通俗文學發達，開始流行起「渾家」的稱謂，是男人在外人面前對自己妻子的稱呼。但是到底為什麼把妻子稱作「渾家」？各種辭典都沒有解釋清楚這一稱謂的語源，甚至還有辭典解釋說是謙稱自己的妻子不懂事，不知進退。這真是天大的誤解！

這種誤解是因為不瞭解「渾」字的本義。《說文解字》：「渾，混流聲也。」形容大水奔流的聲音。大水奔流，分不出哪是支流哪是主流，而是渾然一體，因此「渾」引申為全部、整體。唐代詩人戎昱〈苦哉行〉吟詠道：「妾家清河邊，七葉承貂蟬。身為最小女，偏得渾家憐。」「渾家」即為全家，最小的女兒得到全家人的寵愛。宋人毛幵（ㄐㄧㄢ）〈滿庭芳〉詞：「回頭笑，渾家數口，又泛五湖舟。」「渾家數口」即全家數口人。范成大有〈雪中聞牆外鬻魚菜者，求售之聲甚苦，有感〉詩：「一身冒雪渾家暖，汝不能詩替汝吟。」這是描寫賣魚菜之人，一個人冒雪求售，售賣所得使得全家人都能暖暖地烤上火。

有文獻可稽的「渾家」這一稱謂的最早出處，出自由南唐入宋的鄭文寶所著《南唐近事》。據該書記載，南唐人史虛白寫有一首〈隱士詩〉：「風雨揭卻屋，渾家醉不知。」風雨將屋頂都揭翻了，可是妻子卻爛醉如泥，什麼都不知道，譏刺南唐君主對風雨飄搖的局勢一無所知。

「渾家」的本義就是全家，「渾家」的稱謂即由此引申而來，指管理全家家務的妻子，這也符合男主外、女主內的傳統分工。因此，「渾家」非但不是對妻子的貶稱，甚至還是對妻子的美稱，全家都歸她管。可以想像，一個男人在外稱呼自己的妻子為「渾家」，心中的自豪感是多麼強烈，因為有家才有男人的事業，家和管理家庭的妻子就是男人的後盾。今人不察，竟誤以為「渾家」乃是蔑稱，真是令人嘆息！

「無所不用其極」原來是形容竭盡心力

「無所不用其極」現在是一個貶義的成語，形容做壞事的時候什麼極端的手段都使了出來，比如「政客為了拉選票使出各種手段，簡直是無所不用其極」，就是一種典型的用法。

這個成語出自《禮記．大學》：「湯之《盤銘》曰：『苟日新，日日新，又日新。』《康誥》曰：『作新民。』《詩》曰：『周雖舊邦，其命惟新。』是故君子無所不用其極。」

商朝的開國君主商湯在自己沐浴的盤子上刻有「苟日新，日日新，又日新」的銘文，用以自我勉勵：「思想、精神要像沐浴除去汙垢一樣，天天除舊更新，一天也不能間斷。」

《尚書．康誥》有「作新民」之語，意思是：「要通過教化，使天下的百姓振作起來，成為日日新的新民。」

《詩經．大雅．文王》有「周雖舊邦，其命惟新」的詩句，意思是：「周朝雖然是一個古老的國家，但受天之命，精神氣質卻是全新的。」

因此得出結論：「君子無所不用其極。」「極」是盡的意思。鄭玄注解說：「君子日新其德，常盡心力，不有餘也。」君子想要日新其德，無處不用其心盡力，方方面面都要做得盡善盡美，竭盡心力，不能有絲毫的懈怠，只有這樣才能做到「日新」、「新民」、「惟新」。

南宋思想家陸九淵在〈與趙宰書〉中寫道：「九重勤恤民隱，無所不用其極。」「九重」比喻皇帝，皇帝體恤民眾的疾苦，運用一切手段消除這種疾苦。可見，「無所不用其極」在古代一直都是一個好得不能再好的褒義詞；近代以來，詞義卻演變到了它的反義，變成了一個壞得不能再壞的貶義詞，形容沒有什麼極端的手段使不出來，比如黃遠庸〈一年以來政局之真相〉：「因是國民之趨附勢利，喪絕廉恥，卑劣放縱，乃無所不用其極。」朱自清〈執政府大屠殺記〉：「其洩忿之道，真是無所不用其極了！」

「畫地為牢」原來是形容刑律寬鬆

「畫地為牢」這個成語，今天是一個不折不扣的貶義詞，意思等同於故步自封、作繭自縛，比喻自己的行動就限制在一定的小範圍內，古代卻不然。

司馬遷在著名的、被稱作書信體壓卷之作的〈報任安書〉中寫道：「士有畫地為牢勢不入，削木為吏議不對，定計於鮮也。」畫地而為牢獄，節操之士絕不肯進去；刻木而為獄吏，節操之士絕不會受其審訊。這是因為早有主意，態度鮮明，一定要在受刑前自殺，以免受辱。

為什麼要畫地為牢、削木為吏呢？因為在風俗淳樸的時代，法令寬鬆，只需畫地為牢、削木為吏就可以治理好國家，而不需要建立真正的監獄，設置兇惡的獄吏。宋元話本小說《武王伐紂平話》中頌揚周文王「畫地為牢，刻木為吏，治政恤民，囹圄皆空」，就是這一制度的生動寫照。

《漢書．路溫舒傳》載，漢宣帝初即位，路溫舒就上書，引用當時流傳的俗語：「畫地為獄，議不入；刻木為吏，期不對。」這是描述刑律嚴苛、獄吏兇惡的情形：即使畫地而為牢獄，人們議論著也不敢踏入；即使用木頭刻成獄吏的樣子，人們也一定不敢面對。因此顏師古評價道：「畫獄木吏，尚不入對，況真實乎！」畫出來的監獄尚且不敢進入，木頭刻成的獄吏尚且不敢面對，更何況真實的監獄和獄吏呢！路溫舒以此請求漢宣帝「省法制，寬刑罰」。

理想中刑律寬鬆、只需在地上畫一個假牢獄就能夠治理好國家的時代消逝了，嚴刑峻法的時代來臨，「畫地為牢」遂取其字面意思，畫個圈困住自己，從褒義詞變成了形容故步自封的貶義詞。

「亂點鴛鴦」原來是做好事

俗話說「亂點鴛鴦」、「亂點鴛鴦譜」，這個「亂」字今天的理解是胡亂，胡亂配合姻緣叫「亂點鴛鴦」，因此是地地道道的貶義詞，豈知這兩句俗語古時候的含義完全相反。

明末文學家馮夢龍《醒世恆言》中有〈喬太守亂點鴛鴦譜〉一篇故事，最為形象地描述了「亂點鴛鴦譜」這句俗語的本義。

故事講述的是宋朝景祐年間，由於一系列的誤會，劉、孫兩家的婚約變得錯綜複雜，最終鬧上公堂，喬太守巧妙地運用自己的智慧和判斷力，將錯就錯，成就了三對佳偶。

皆大歡喜的故事結局，喬太守提筆寫下這一案的判詞：「奪人婦人亦奪其婦，兩家恩怨，總息風波；獨樂樂不若與人樂，三對夫妻，各諧魚水。人雖兌換，十六兩原只一斤；親是交門，五百年決非錯配。以愛及愛，伊父母自作冰人；非親是親，我官府權為月老。已經明斷，各赴良期。」

喬太守判決後各方的反應是：「眾人無不心服，各各叩頭稱謝。」「此事鬧動了杭州府，都說好個行方便的太守，人人誦德，個個稱賢。」馮夢龍還在文末讚揚道：「又有一詩，單誇喬太守此事斷得甚好：鴛鴦錯配本前緣，全賴風流太守賢。錦被一床遮盡醜，喬公不枉叫青天。」哪裡有批評胡亂配合姻緣的意思？

「亂」的金文字形為上下兩手整理架子上散亂的絲，引申為交錯。這一古義現代漢語中已缺失，但日語中尚保留，如「亂切」，即口語所謂滾刀切，交錯著切。因此，「亂點」之「亂」是交錯之意，喬太守並非胡亂配合姻緣，而是根據三對夫妻的實際情況進行「錯配」，交錯配對。

清初文學家褚人獲《隋唐演義》第六十三回〈王世充忘恩復叛　秦懷玉剪寇建功〉，開篇一段話仍用本義：「當時唐帝叫它監弄這幾個附宮妃子來，原打帳要自己受用，只因竇后一言，便成就了幾對夫婦，省了多少精神。若是蕭后，就要逢迎上意，成君之過。唐帝亂點鴛鴦的，把幾個女子賜與眾臣配偶，不但男女稱意，感戴皇恩，即唐帝亦覺處分得暢快，進宮來述與諸妃聽。」這哪裡有批評的意思？分明被「亂點」、被「錯配」的眾人感恩戴德。

古典的時代逝去之後，今人已經不理解「亂點」的本義，而是望文生義，將「亂點」誤解為胡亂配合，「亂點鴛鴦」遂由褒義詞硬生生給變成了貶義詞。

「塞責」原來是指盡責

「塞責」一詞，今天常用作書面語，報刊等書面媒體上也常常使用，是一個地地道道的貶義詞，意思等同於敷衍了事。「塞」讀作ㄙㄜˋ，搪塞、應付，「塞責」即對自己應盡的責任加以搪塞、應付。相同的詞組還有聊以塞責、敷衍塞責、潦草塞責、推諉塞責等等，都不是什麼好詞。

可是，「塞責」實在太冤枉了，因為它本來是一個褒義詞。

「塞責」一詞出自《韓詩外傳》卷十的一個故事：「卞莊子好勇，母無恙時，三戰而三北，交游非之，國君辱之，卞莊子受命，顏色不變。及母死三年，魯興師，卞莊子請從，至，見於將軍曰：『前猶與母處，是以戰而北也，辱吾身。今母沒矣，請塞責。』」

卞莊子是魯國的著名勇士，可是三戰皆敗北，以至於被朋友非議，被國君羞辱，卞莊子面不改色心不跳，這是因為他的老母親還健在，還需要他養老送終的緣故。等到母親去世，卞莊子為母親守喪三年期滿，魯國與齊國發生戰爭，卞莊子主動請纓，要洗雪前辱。「請塞責」，這裡的「塞」不是搪塞、應付，而是盡、補救、抵償，意思是：請讓我盡責，盡我以前應盡的責任，補救我以前應盡卻沒有盡到的責任。

「遂走敵而鬥，獲甲首而獻之：『請以此塞一北。』又獲甲首而獻之：『請以此塞再北。』將軍止之，曰：『足。』不止，又獲甲首而獻之，曰：『請以此塞三北。』將軍止之，曰：

『足，請為兄弟。』卞莊子曰：『夫北以養母也，今母歿矣，吾責塞矣。吾聞之，節士不以辱生。』遂奔敵，殺七十人而死。」

「塞一北」，抵償第一次敗北；「塞再北」，補償第二次敗北；「塞三北」，抵償第三次敗北。當卞莊子三獲甲士的首級，他感嘆道：「夫北以養母也，今母歿矣，吾責塞矣。」意思是說母親已經去世，自己作為人子的責任已盡，但此前三次敗北的羞辱卻還在，「節士不以辱生」，節操之士不能帶著羞辱活著，因此「殺七十人而死」。

這就是先秦之士的榮譽觀，可是當時的君子們還不滿足，繼續評論道：「三北已塞責，又滅世斷宗，士節小具矣，而於孝未終也。」批評卞莊子雖然已「塞責」，作為士的小節已具備，但斷子絕孫，在「孝」這一方面的責任卻又沒有盡到。

卞莊子「塞責」的行為既是盡責又是補責，令人動容，「塞責」因此而是一個褒義詞。後人將盡責、補責之「塞」偷換為搪塞、應付之「塞」，「塞責」遂一變而為貶義詞。

「嘍囉」原來是讚美人精明能幹

舊小說和戲曲中常常可見「嘍囉」的稱謂，比如《水滸傳》第二回〈王教頭私走延安府 九紋龍大鬧史家村〉，李吉告訴九紋龍史進：「如今山上添了一夥強人，紮下一個山寨，聚集著五七百個小嘍羅，有百十匹好馬。」這是指強盜的部下。

「嘍囉」一詞常見的寫法還有「嘍羅」、「僂羅」、「婁羅」、「摟羅」等等，都是同音詞。今天的口語和書面語中也還常常使用這個稱謂，用來稱呼壞人的隨從，是一個地地道道的貶義詞。不過，「嘍囉」最早的時候卻是一個讚美人的褒義詞。

《舊唐書．回紇傳》載，唐代宗冊封回紇可汗，稱號極長，叫作「登里頡咄登密施含俱錄英義建功毗伽可汗」，並解釋說：「『頡咄』，華言『社稷法用』；『登密施』，華言『封竟』；『含俱錄』，華言『婁羅』；『毗伽』，華言『足意智』。」既然作為回紇可汗的稱號，那麼一定是褒義詞。

唐人蘇鶚《蘇氏演義》解釋說：「婁羅者，幹辦集事之稱。」所謂「幹辦集事」，是指辦事伶俐幹練。

宋人高承《事物紀原》作了更詳細的解釋：「言人善當荷幹，辨於言者，能樓欖羅縮，遂謂之樓羅。」所謂「樓欖羅縮」，指做事能夠包攬張羅，精明能幹。《宋史．張思均傳》載：「思鈞起行伍，征討稍有功。質狀小而精悍，太宗嘗稱其『樓羅』，自是人目為『小樓羅』焉。」張思均因為征討有功而被譽為「小樓羅」。

綜上所述，可見「嘍囉」一詞原本是讚美之詞。

《舊五代史．劉銖傳》載：後漢隱帝夥同舅舅李業誅殺了權臣史弘肇，與史弘肇有仇的劉銖大喜，對李業說：「君等可謂僂儸兒矣。」「僂儸」正是幹辦能事之稱。

南宋學者羅大經《鶴林玉露》引述劉銖之語，然後寫道：「僂儸，俗言狡猾也。」由這一記載可知，南宋時，「嘍囉」已成為民間常用的俗語，形容狡猾。

明代才子徐渭在《南詞敘錄》中說：「摟羅，矯絕也。唐人語曰：『欺客打客當摟羅。』今以目綠林之從卒。」之所以「以目綠林之從卒」，也正是從伶俐能幹、狡猾等義項漸漸引申而來，「嘍囉」從此就由讚美人的褒義詞變成了一個徹頭徹尾的貶義詞。

「彈冠相慶」原來是形容好友互相推薦

「彈冠相慶」的意思是彈掉帽子上的灰塵，準備出山做官。為什麼準備出山做官呢？因為他的朋友升了官，自己一定會得到朋友的提攜，所以一聽說朋友升了官，立刻就把荒廢多時的官帽找出來，彈掉上面的灰塵，躊躇滿志地等待朋友的召喚。

《漢書．王吉傳》載：「吉與貢禹為友，世稱『王陽在位，貢公彈冠』，言其取捨同也。」王吉字子陽，故稱「王陽」。漢宣帝時，琅琊人王吉和貢禹是好朋友，王吉很不得志，貢禹也多次被免職。漢元帝時，王吉被朝廷徵召，貢禹聽到這個消息很高興，「彈冠」而待，果然，沒過多久貢禹就被任命為諫大夫。「其取捨同」，是指二人的政治理想完全相同。

王吉和貢禹都是清廉的官員，又都勇於諫言，因此，「王陽在位，貢公彈冠」的情形沒有任何貶義成分在內，反而是對二人美好品行和動人友誼的由衷讚美。

當時的長安還流傳著一句諺語：「蕭、朱結綬，王、貢彈冠。」蕭育少時與朱博為友，蕭育因父恩蔭先入仕，朱博得到蕭育的引薦，也做到了高官。「綬」是繫官印的佩帶，「結綬」即指佩繫印綬，出仕為官，與「彈冠」的舉動類似，都是形容好友之間的相互薦達。

明末清初學者黃宗羲〈與陳介眉庶常書〉對這一成語的引用最好地說明了這一點：「人之相知，貴相知心。王陽在位，貢禹彈冠。」黃宗羲讚美王吉當大官的時候，貢禹彈冠的動作恰恰是二人相互知心的寫照。

「彈冠相慶」用作貶義是從北宋學者蘇洵開始的。蘇洵在〈管仲論〉一文中如是說：「一日無仲，則三子者可以彈冠而相慶矣。」

「三子」指齊桓公寵幸的豎刁、易牙、開方三個壞蛋。管仲還活著的時候，非常厭惡三子的獻媚行為，齊桓公也就不敢升三子的官，等到管仲一死，齊桓公就開始肆無忌憚地寵幸三子，朝政大權盡數交予三子，導致齊國大亂。因此蘇洵說：管仲剛死，三子就開始彈冠相慶了。這是「彈冠相慶」第一次應用到壞人身上，從此就變成了貶義詞，形容壞人之間「一人得道，雞犬升天」的醜態。

「學究」原來指科舉考中者

大約從明代開始，「學究」就已經成為一個貶義的稱謂。郎瑛《七修類稿》有「嘲學究」一條：「近世嘲學究云：『我若有道路，不做猢猻王。』本秦檜之詩也，秦檜時為童子師，仰束脩自給，故有『若得水田三百畝，這番不做猢猻王。』」如果此詩真的是秦檜所作，那麼「學究」成為貶義詞還可以上溯到南宋時期。今天就更不用說了，「學究」、「老學究」、「學究氣」都用來稱呼、嘲笑迂腐的讀書人。

「學究」最早是唐代科舉考試中的一個科目，屬明經一科。所謂「明經」，是指通曉儒家的經書。明經一科還有通曉五經、三經、二經和一經之別，其中通曉一經的，即稱作「學究一經」。「究」是窮盡之意，「學究一經」的意思就是窮盡了這一部經書的學問。

五代時王定保《唐摭言》有一則記載：「許孟容進士及第，學究登科，時號『錦褋子上著莎衣』。」許孟容是唐德宗時的大臣，年輕時以文詞知名，考中以詞賦為主要內容的進士科，稱之為「進士及第」。許孟容家學淵源，精通《易經》，後來又以《易經》考中「學究一經」之科，稱之為「學究登科」。「進士及第」已經是很高的榮譽了，許孟容偏偏又「學究登科」，而且還只考「學究一經」的《易經》，因此當時人就嘲笑他是「錦褋子上著莎衣」，「莎衣」即防雨的蓑衣，錦繡的褋子上又披了一件蓑衣，遮掩了錦褋子的光輝，多此一舉。

「學究」從「學究一經」的科目引申為考中此科的人。司馬光《涑水記聞》記載了范仲淹的一則軼事。范仲淹幼年失怙，母親改嫁朱氏，他也改姓朱，「與朱氏兄弟俱舉學究」。跟許孟容一樣，范仲淹同樣長於《易經》，因此考中的「學究一經」應該也是《易經》。他曾經和眾多客人一起去拜訪諫議大夫姜遵，眾客退後，姜遵獨獨把范仲淹留下來，並引入中堂，鄭重地對妻子說：「朱學究年雖少，奇士也。他日不唯為顯官，當立盛名於世。」范仲淹二十多歲的時候，果然進士及第。「朱學究」的稱謂哪裡有什麼貶義，分明是對學究登科者的尊稱。

後世的讀書人多死讀經書而不通事務，給人們留下了迂腐淺陋的印象，因此「學究」才漸漸演變為貶義詞。

第二部

中性詞轉貶義詞

這些詞，中間發生了什麼事

「人盡可夫」原來不是形容女人淫蕩

「人盡可夫」這個口頭俗語，今天用來形容淫蕩的女人，可以跟任何一個男人上床，任何一個男人都可以做她的丈夫；但是在古代，這個詞卻浸透了濃濃的家庭親情。這是一個因為本義割裂、丟失從而改變詞性，由中性詞變成貶義詞的例子。

《左傳．桓公十五年》講述了一個故事，是為「人盡可夫」一詞的最早出處。鄭厲公即位後，對把持朝政、專斷獨行的大臣祭足非常不滿，於是跟祭足的女婿雍糾合謀，準備殺掉祭足。雍糾設了一計，打算在郊外宴請祭足，借機發難。

雍糾的妻子雍姬得知了丈夫的計畫，回去問母親：「父與夫孰親？」父親和丈夫哪個更親？雍姬的母親回答道：「人盡夫也，父一而已，胡可比也？」意思是說：父親只有一個，而天下的男人多得是，從理論上來說，任何一個男人都可以作為選擇的對象，二者完全不具備可比性。

聽了母親這番話，雍姬下定決心，對父親透露了丈夫的陰謀：「雍氏舍其室而將享子於郊，吾惑之，以告。」話說得很委婉：丈夫不在自己家裡宴請父親您，卻把宴請的場合定到了郊外，我覺得很疑惑，所以才告訴您這件事。

祭足是著名的謀略家，焉能聽不懂女兒的這番話？於是先下手為強，殺了女婿，並且將屍體陳列在鄭國大夫周氏的水塘裡。這種舉動無疑是向鄭厲公示威。「公載以出，曰：『謀及婦人，宜其死也。』」鄭厲公逃跑到蔡國的時候還不忘載著雍糾的屍體，感嘆說：「謀之於自己的女人，真是死得活該！」

這就是「人盡可夫」一詞的最早出處。「人盡夫也，父一而已」其實是一句大實話，而且充溢著先秦時人的溫柔敦厚之旨，根本沒有對女人淫蕩的指控。張愛玲發表於一九四三年的短篇小說《心經》，仍然能夠理解這個詞的古義，她借小說中的女性之口說道：「任何人……當然這『人』字是代表某一階級與年齡範圍內的未婚者……在這範圍內，我是『人盡可夫』的！」

「三更半夜」為何含有陰謀成分

「五更」是漢代開始通行的夜間計時制度，一夜分為五個更次，每個更次大約兩個小時。「五更」也叫「五夜」，最初以甲、乙、丙、丁、戊命名，稱作甲夜、乙夜、丙夜、丁夜、戊夜；又叫「五鼓」，更夫用鼓打更報時。宮廷巡夜的警衛交接班，都以五夜來劃分安排，聞鼓聲交接班。

「三更」指夜晚十一點至一點，因此「三更」就是「半夜」。那麼，為什麼把「三更」和「半夜」連用呢？這豈不是重複了嗎？原來，「三更半夜」這個俗語竟然還有陰謀的含義在裡面。

此語出自《宋史．趙昌言傳》。朋黨是古代官僚集團特有的現象，士大夫們為了爭取利益最大化，或者為了政治理想的實施，朋比結黨，其中因科舉而結成的朋黨叫「科甲朋黨」，「科甲朋黨」是宋代以後最重要、最引人注目的朋黨。

宋太宗太平興國三年（九七八），有三人都中了進士，狀元是胡旦，省元（第三名）是趙昌言，同榜中還有一位叫董儼。三個人都做了官，胡旦任起草詔令的知制誥，趙昌言任工部侍郎，董儼任掌管財政收支的度支副使。趙昌言和時任掌管鹽、鐵、茶專賣以及徵稅事宜的鹽鐵副使陳象輿關係很好，因此，雖然陳象輿不是趙昌言同年進士，但也加入了這個小集團，再加上一位任右正言（諫官）的梁顥，五人結成了「科甲朋黨」，成為當朝一支重要的政治勢力，他們的主要政敵是當朝宰相趙普和太子元僖。

這個「科甲朋黨」的小集團活動異常頻繁：「四人者，日夕會昌言之第。京師為之語曰：『陳三更，董半夜。』」不管白天深夜，他們總是聚集在趙昌言的府中商討政事。由於是公開結黨，因此朝野上下都知道這個小集團，京城民謠因而稱之為「陳三更，董半夜」，「陳」指陳象輿，「董」指董儼。

這個小集團指使受人僱傭以抄書為業的傭書人翟穎上書詆毀時政，並且狂妄地自薦為大臣，又舉薦可以充任輔臣的數十人。結果是宰相趙普流放了翟穎，同時將幾人全部貶官，這個「三更半夜」的科甲朋黨被一網打盡。

從此之後，「三更半夜」就從指深夜的中性詞變成了搞陰謀詭計的貶義詞。

「三姑六婆」原來是正常的稱謂

民間俗語中把不務正業的婦女稱作「三姑六婆」，姑和婆本來是親屬之間的正常稱謂，為什麼在這個俗語中會含有貶義成分呢？「三姑」又是哪「三姑」？「六婆」又是哪「六婆」？到底是虛指還是實指？

「三姑六婆」是實指，出自元末明初學者陶宗儀《南村輟耕錄》：「三姑者：尼姑、道姑、卦姑也；六婆者：牙婆、媒婆、師婆、虔婆、藥婆、穩婆也。」以下詳細解釋「三姑六婆」的來歷和各自的職責範疇。

尼姑是民間對女性佛教徒的俗稱，佛教教義中並沒有這個稱謂，正式的稱謂是比丘尼，指已經受了具足戒這種佛教戒律的女性修行者，未受具足戒的女性修行者稱為沙彌尼。據清代學者梁紹壬《兩般秋雨盦隨筆》載：「漢劉峻女出家，乃尼姑之始，而尚未立名。東晉婦人阿藩習西域之教，始有尼姑之稱。」

道姑即女道士，卦姑是以占卜、算命為生的女人。古代社會是男權社會，按照傳統觀點，女人應該足不出戶方為守婦道，而尼姑和道姑出家修行，卦姑行走江湖，向來被視作異類。宋元以來，市民階層興起，粗俗文化大行其道，尼姑、道姑和卦姑更是成了男人們攻擊、誣衊的對象，明代著名的話本小說《三言二拍》中就有大量描寫尼姑、道姑「淫行」的故事，因此尼姑、道姑和卦姑方才穩居「三姑六婆」的前三名。

牙婆是指以介紹人口買賣為業而從中取利的婦女，買賣經紀人和中介稱「牙」；媒婆自不必說，誰都知道是幹什麼的；師婆即巫婆；虔婆指妓院的鴇母；藥婆指女巫醫；穩婆是接生婆。「六婆」本非不良分子，不過由於她們見多識廣，又能深入良家婦女的家庭，為了牟利，常常採用欺詐手段行騙，久而久之就成了人人喊打的過街老鼠，「三姑六婆」因此成為一個蔑稱。陶宗儀就評論道：「人家有一於此，而不致奸盜者，幾希矣。若能謹而遠之，如避蛇蠍，庶乎淨宅之法。」

清人李汝珍的小說《鏡花緣》中則描寫得更加生動：「吾聞貴地有三姑六婆，一經招引入門，婦女無知，往往為其所害，或哄騙銀錢，或拐帶衣物。」這當然是一種偏見，不過也是一種當時存在的真實現象。

晚唐詩人李商隱在《義山雜纂》中寫道：「尼姑似鼠狼入深處。」「三姑」的身分特點，「六婆」的職業特點，使她們能夠進入閨閣深處，從而給民間留下諸多不堪印象，遂由中性詞變成了蔑稱的貶義詞。

「三腳貓」原來是從飛熊變化而來

「三腳貓」有一個同義詞叫「半瓶子醋」，比喻對各種技藝都略知皮毛卻不精通的人。

南宋無名氏編撰的《百寶總珍集．解賣》收錄了當時臨安的俗語：「如物不中，謂之三腳貓。」意思是說物品不合格、不中用就稱之為「三腳貓」。

不過這句俗語流傳開來是在元末明初，散曲作家張鳴善有小令《水仙子．譏時》，其中吟詠道：「鋪眉苫眼早三公，裸袖揎拳享萬鍾。胡言亂語成時用，大綱來都是烘，說英雄誰是英雄？五眼雞岐山鳴鳳，兩頭蛇南陽臥龍，三腳貓渭水飛熊。」

「五眼雞」即「烏眼雞」，是一種好鬥的雄雞。「岐山鳴鳳」的說法出自《國語．周語》：「周之興也，鸑鷟（ㄩㄝˋ ㄓㄨㄛˊ）鳴於岐山。」「鸑鷟」是鳳凰的別名，岐山是周王朝的發祥地，鳳凰在岐山鳴叫，意味著周將大興。

「兩頭蛇」又稱「枳首蛇」，《爾雅．釋地》載：「中有枳首蛇焉。」郭璞注解說：「岐頭蛇也。或曰：今江東呼兩頭蛇為越王約發，亦名弩弦。」「枳（ㄐㄧˇ）」即「岐」，「枳首蛇」即岐頭蛇，也就是兩頭蛇，是蛇的一種，無毒，尾部圓鈍，乍看之下很像另一個頭，故稱兩頭蛇，古人傳說看見兩頭蛇即預示死亡。

南陽臥龍指諸葛亮。「渭水飛熊」指姜太公，《史記．齊太公世家》載：「西伯將出獵，卜之，曰：『所獲非龍非螭，非虎非羆，所獲霸王之輔。』於是周西伯獵，果遇太公于渭之陽。」「螭（ㄔ）」是一種無角的龍，「羆（ㄆㄧˊ）」是熊的一種。根據司馬遷的記載，周文王占卜所得乃是一種「非龍非螭，非虎非羆」的動物，到了宋代話本《武王伐紂平話》，就附會為姜太公「號為飛熊」，周公並贈詩一首：「夜夢飛熊至殿前，果逢良將渭河邊。曾因紂王行無道，扶立周家八百年。」從而坐實了姜太公「渭水飛熊」的別稱。

張鳴善這個小令是譏諷時事的，意思是：裝模作樣的人早早就做上了三公的最高官職，好勇鬥狠、蠻橫無理的人享受著萬鍾的俸祿，胡說八道、欺世盜名之徒竟然能在社會上暢行無阻，總而言之全是胡鬧。說英雄可到底誰是英雄呢？居然把烏眼雞當成了岐山的鳳凰，把兩頭蛇當成了南陽的臥龍諸葛亮，把三腳貓當成了渭水飛熊姜太公。

五眼雞比鳳凰，以枳首蛇比臥龍，以三腳貓比飛熊，可見「三腳貓」這一民間俗語確是由飛熊變化、附會而來，諷刺元末官員徒有其表，「三腳貓」因此是一個貶義詞。

張鳴善所寫到的這三種奇異的動物，五眼雞和枳首蛇都確實存在，而「三腳貓」呢，一般都認為不過是比喻而已，可是世界上竟然真的有三腳貓。明代學者郎瑛《七修類稿》記載了這種奇異的貓：「俗以事不盡善者謂之『三腳貓』。嘉靖間，南京神樂觀道士袁素居果有一枚，極善捕鼠，而走不成步，循簷上壁如飛也。道士因善篆刻，士夫多與交，吾友俞亭川亦嘗親見之也。」

這隻貓大概屬變異品種，奇特的是它走不成路卻善捕鼠，而且還能飛簷走壁，俗語所諷刺的「三腳貓」卻一無是處。

「上下其手」原來不是對女性耍流氓

文學作品中常常用「上下其手」來形容男人對女人的猥褻，殊不知這個詞完全不是這回事。

「上下其手」這個成語出自《左傳・襄公二十六年》中記載的一次戰爭：楚康王和秦國聯合去攻打鄭國，鄭國的大夫皇頡出城和楚國的縣尹穿封戌交戰，結果戰敗被俘。楚康王的弟弟公子圍想爭功，非說皇頡是自己俘虜的。穿封戌和公子圍爭執不下，就去找大夫伯州犁當裁判。伯州犁出主意說咱們一起去問問俘虜吧，聽聽他怎麼說。

三人把皇頡帶了過來，伯州犁對皇頡說：「他們二人是為您這位君子所爭，請您說實話。」公子圍是楚康王的弟弟，伯州犁當然要向著他，於是伯州犁向皇頡「上其手」，就是高舉著手，先介紹公子圍說：「這一位是我國的王子公子圍，也是我們國君尊貴的弟弟。」介紹完公子圍，伯州犁又「下其手」，就是把手垂得低低的，指著穿封戌介紹說：「這一位穿封戌，是我們國家方城外的縣官。」然後伯州犁問皇頡：「他們倆哪一位俘虜了您？」

皇頡可不是傻子，伯州犁「上下其手」的暗示那麼明顯，他怎能不理解？皇頡假裝垂頭喪氣地回答道：「唉！誰讓我遇見了貴國的王子呢？我是被他打敗的。」

穿封戌聽了大怒，拿著長戈去攻擊公子圍，沒有追上，這場功勞就此算在了公子圍身上。《舊唐書・魏徵傳》中，魏徵曾針對此事評價道：「昔州犁上下其手，楚國之法遂差。」正因為伯州犁的「上下其手」，才導致楚國的法紀從此開始廢弛了。

「上下其手」本來是正常的肢體語言，但由於伯州犁貴上賤下的這番做派，後人遂用「上下其手」來形容互相勾結，玩弄手法，串通作弊，就此變成了一個貶義詞。比如晚清李伯元所著《文明小史》第二十九回〈修法律欽使回京　裁書吏縣官升座〉中寫道：「那時刑部堂官，是個部曹出身，律例盤得極熟，大約部辦也拿他不住，不能上下其手。」可見「上下其手」早已是玩弄手段的習用語，後人望文生義，竟然把這個詞用於男人調戲女人，實在是粗俗。

「下流」是怎麼變成罵人話的

「下流」的本義是指河流的下游，怎麼如此無辜，變成了一個卑鄙齷齪、低級淫邪的詈詞呢？

「流」這個字很有意思，本來形容河水流動，河水當然是從上往下流動，可是孟子卻在《梁惠王下》裡說：「從流下而忘反謂之流，從流上而忘反謂之連。」從下游逆流而上樂而忘返叫「流」，從上游順流而下樂而忘返叫「連」，因此而有「流連忘返」這個成語。

孔子的得意門生子貢解釋了「下流」這個俗語是怎麼由中性詞變成貶義詞的。在《論語．子張》中，子貢說：「紂之不善，不如是之甚也。是以君子惡居下流，天下之惡皆歸焉。」

北宋學者邢昺注解說：「言商紂雖為不善，以喪天下，亦不如此之甚也，乃後人憎甚之耳。下流者，謂為惡行而處人下，若地形卑下，則眾流所歸。人之為惡處下，眾惡所歸，是以君子常為善，不為惡，惡居下流故也。紂為惡行，居下流，則人皆以天下之惡歸之於紂也。」

子貢的意思是說：殷紂王雖然不好，但還沒有壞到現在大家以為的地步，他的壞名聲是一代一代積累起來的；因此君子都不願意居於下流，譬如河水從上往下流，天下之惡也都順水流到下游，殷紂王作為壞人的代表，不是他做的事也就順勢推到了他身上，成就了他史上最壞壞蛋的壞名聲。

子貢的見解非常有道理，歷史學家顧頡剛曾寫過〈紂惡七十事發生的次第〉，指出殷紂王的七十條罪狀是從東周到西漢陸續加上去的，時代越近，殷紂王的罪狀越多，這就是所謂「眾惡所歸」。

小流氓們的確很壞，但正因為他們處於社會最底層，身分卑賤，才會被罵作「下流」。不過他們的「下流」僅限於調戲婦女、偷雞摸狗而已，那些「上流」的高層人士要是壞起來，可比「下流」嚴重多了，此之謂「竊鉤者誅，竊國者為諸侯」。

「尸位素餐」的「尸」原來是祭祀禮儀

「尸位素餐」是一個常用的成語，形容空占著職位，空食著俸祿，卻什麼事也不做。很多人都把「尸位」理解成屍體所占的位置，這是錯誤的。在古代，「尸」代表著重要的祭祀禮儀。

《說文解字》：「尸，陳也，象臥之形。」這個「尸」的本義可絕對不是屍體，而是「陳也」。段玉裁進一步解釋道：「祭祀之尸本象神而陳之。」原來，「尸」的本義是祭祀時代表死者受祭的活人。

《禮記．曾子問》載：曾子詢問孔子：「祭必有尸乎？」孔子回答道：「祭成喪者必有尸，尸必以孫，孫幼則使人抱之；無孫，則取於同姓可也。」古人認為祭祀的目的在於和祖先的靈魂感通，用孫子來代表死去的先祖受祭，可以凝聚先祖之氣，這種祭祀稱作「尸祭」。

顏師古在為《漢書．朱雲傳》所作的注中說：「尸位者，不舉其事，但主其位而已。」代表先祖受祭的孝孫，在祭祀時僅僅是先祖的替身，是先祖靈魂的附體，自己什麼事也不用做，只需要坐在神位上，「但主其位而已」。如果把「尸位」理解成屍體所占的位置，人死不能復活，怎麼還能空占著職位呢？

「尸位」一詞出自《尚書．五子之歌》：「太康尸位以逸豫，滅厥德，黎民咸貳。」意思是說：夏朝君主太康空占著國君的位置，卻只知道享樂，於是百姓都背叛了他。

「素餐」一詞出自《詩經》中魏國的民歌〈伐檀〉：「彼君子兮，不素餐兮！」「素」是空的意思。清人陳奐在《毛詩傳疏》中解釋得最為明白：「今俗以徒食為白餐。餐，猶食也。趙岐注《孟子．盡心篇》云：『無功而食，謂之素餐。』」有人把「素餐」誤解為素食，正確的解釋是「無功而食」，即顏師古所說：「素餐者，德不稱官，空當食祿。」

代表祭祀禮儀的「尸位」本為中性詞，漢代人將之和「素餐」組合在一起，用來比喻居位食祿而不盡職，就此變成了一個貶義詞，如《漢書．朱雲傳》：「今朝廷大臣上不能匡主，下亡以益民，皆尸位素餐。」

「不齒」原來指對高官的尊敬

「不齒」表示極端鄙視，為什麼用牙齒的「齒」來表達這個意思呢？「不齒」最初的詞義又是什麼呢？

東漢學者劉熙所著《釋名．釋形體》中解釋說：「齒，始也，少長之別始乎此也，所以齒食多者長也，食少者幼也。」「齒」因此引申用來指人的年齡，比如「年齒」就是年齡，「齒列」是按照年齡排列，「不齒」的本義也就是不按照年齡排座次前後，定尊卑之別。

據《周禮》記載，周代有「黨正」一職，職責之一是祭祀飲酒的時候，要負責「正齒位」，即按照年齡的大小來定座次。對於有官爵的人來說，還有這樣的規定：「一命齒於鄉里，再命齒於父族，三命而不齒。」

什麼叫一命、再命、三命？周代的官爵分為九等，稱作「九命」。一命是最低級的官吏，比如天子的下士和公侯伯的士；再命是比一命高一級的官吏，比如天子的中士和公侯伯的大夫；三命又是比再命高一級的官吏，比如公侯伯的卿……依此類推，天子的三公（太師、太傅、太保）是八命的官爵，出封時加一命，稱為上公，這是最高的九命的官爵。

那麼，「一命齒於鄉里，再命齒於父族，三命而不齒」的意思就是：有一命這個最低官爵的人，要和同鄉的眾賓序齒，按照年齡排座次；有再命這個官爵的人，要和父親的親族序齒，按照年齡排座次；有三命官爵的人，則「不齒」，因為官爵高的緣故，因此不按照年齡排座次，而是安置在坐席的東邊，以示尊敬。這就是「不齒」最初的詞義。

有趣的是，本來是出於尊敬而不排座次的「不齒」一詞，竟然可以引申為對罪人的懲罰！《周禮》中有這樣的規定：犯罪的人關到監獄裡，如果能夠改過自新，「返於中國，不齒三年」。「返於中國」指返回罪人的家鄉，「不齒」，鄭玄注解說：「不得以年次列於平民。」意思是說不能按照年齡的大小列於平民之籍，而是打入另冊，表現好的話才能「列於平民」。

《禮記．王制》中也有相同的規定：對於鄉里不遵循教導的人，如果反覆教導之後仍然不改，先「移之郊」，距國百里為「郊」；再不變則「移之遂」，遠郊之外為「遂」；再不變就要「屏之遠方，終身不齒」，遠方指九州之外，「不齒」，鄭玄注解說：「齒猶錄也。」孔穎達解釋說：「以年相次，是錄其長幼，故云『齒猶錄也』。」因此這裡的「不齒」一詞指不收錄於鄉里的戶籍。

「不得以年次列於平民」，「終身不齒」，這都是對罪人的懲罰，因此「不齒」引申為極端鄙視，從而由表示座次的中性詞變成了語感嚴重的貶義詞。

「心懷鬼胎」的「鬼胎」原來指畸形胎兒

「心懷鬼胎」這個成語如今只用作比喻義，比喻不可告人的念頭。這個成語當然是由「鬼胎」演變而來，那麼，究竟什麼叫「鬼胎」呢？

「鬼胎」本來是古代的醫學術語，出自隋代巢元方《諸病源候論》一書：「夫人腑臟調和，則血氣充實，風邪鬼魅，不能干之；若榮衛虛損，則精神衰弱，妖魅鬼精，得入於臟，狀如懷娠，故曰鬼胎也。」「榮」指血之循環，「衛」指氣之周流，「榮衛」因此泛指氣血。

五代時南唐人尉遲偓《中朝故事》載：「代說鄭畋是鬼胎，其母卒後，與其父亞再合而生畋。」鄭畋（ㄊㄧㄢˊ）是唐末鎮壓黃巢起義軍的宰相。尉遲偓所記當然屬鬼神故事，傳說鄭畋的母親死後與其父鄭亞魂交而生下鄭畋，可見民間早有鬼神與人相交而生「鬼胎」的說法。

南宋文學家洪邁在《夷堅支志》中記載了一位名叫楊道珍的神醫，為一位官人懷孕八個月的寵妾診斷後說「此非好孕，正恐是鬼胎耳」，其後「乃產一物，小如拳，狀類水蛙，始信為鬼胎不疑」。

明末清初思想家唐甄在《潛書》中也記載了當時的民間之語：「腹大虛消，或產非人形，俗謂之鬼胎。」吳謙編撰、乾隆皇帝御製欽定的大型綜合性醫書《醫宗金鑒》中先記「鬼胎總括」：「邪思情感鬼胎生，腹大如同懷子形，豈緣鬼神能交接，自身血氣結而成。」然後注解道：「鬼胎者，因其人思想不遂，情志相感，自身氣血凝結而成，其腹漸大如懷子形狀。古云實有鬼神交接，其說似屬無據。」

吳謙說得太客氣了，豈止「其說似屬無據」，根本是民間的鬼神思想所致。所謂「鬼胎」，其實就是現代醫學所說的「葡萄胎」，是指婦女懷孕後，胚胎組織發育異常，在子宮內形成葡萄狀的透明水泡，胎兒多死亡，吳謙認為乃是「氣血凝結而成」。

這就是「鬼胎」一詞的來歷。民間把畸形胎兒稱作「鬼胎」，原本是迷信思想作祟，但這個詞卻就此流傳了下來。隨著醫學漸漸發達，人們認識到了「葡萄胎」的致病原理，於是就只使用「鬼胎」的比喻義，比喻壞念頭，「鬼胎」遂由醫學術語變成了貶義詞，比如「心懷鬼胎」、「各懷鬼胎」等成語。

「月黑風高」原來出自兩項罪名

「月黑風高」，盜賊往往趁這種天氣作案，因此比喻極其險惡的環境。月黑，黑夜無月光，如王昌齡「其時月黑猿啾啾，微雨沾衣令人愁」的詩句；風高，風大，如杜甫「秋晚岳增翠，風高湖湧波」之語。

元代署名為輾然子所著《拊掌錄》記載了一個非常有趣的故事：「歐陽公與人行令，各作詩兩句，須犯徒以上罪者。一云：『持刀哄寡婦，下海劫人船。』一云：『月黑殺人夜，風高放火天。』歐云：『酒黏衫袖重，花壓帽檐偏。』或問之，答云：『當此時，徒以上罪亦做了。』」

歐陽修和朋友一起喝酒行酒令，約定所作的兩句詩必須是「犯徒以上罪者」。「徒」即徒刑，將犯人拘禁起來服勞役。《隋書．刑法志》載，這項罪名始於北周五刑：一曰杖刑，二曰鞭刑，三曰徒刑，四曰流刑，五曰死刑。徒刑服刑的年數為一至五年，隋時改為一至三年。歐陽修和朋友們行的酒令就是詩中必須有徒刑以上，即流刑和死刑的罪名。

一位朋友的詩是：「持刀哄寡婦，下海劫人船。」另一位朋友的詩是：「月黑殺人夜，風高放火天。」可見宋代時這四種行徑都屬徒刑以上的罪名。

輪到了歐陽修，只聽他慢條斯理地吟道：「酒黏衫袖重，花壓帽檐偏。」眾人一聽大惑不解，就問他這算是什麼罪名。歐陽修答道：「當此時，徒以上罪亦做了。」原來，「酒黏衫袖重」是形容飲酒大醉，以至於衣袖都覺沉重；「花壓帽檐偏」的「花」指美人，和美人雲雨，以至於帽檐都被壓偏了。酒壯慫人膽，色膽包天，有此兩種情況，徒刑以上之罪，犯起來就很容易了。歐陽修真幽默！

「月黑殺人夜，風高放火天」本來是這場酒令遊戲中列舉的兩項徒刑以上的罪名，將之概括為「月黑風高」，隱喻的顯然是其後的「殺人放火」，「月黑風高」因此成了一個貶義詞，比喻所處環境極其險惡。

「毛病」原來指馬身上的毛有缺陷

日常生活中，「毛病」一詞出現的頻率非常高，比如出毛病、挑毛病、老毛病等等。「毛病」既可以當作疾病解，也可以比喻缺點錯誤。人們常常順口說出的這個俗語，如果仔細想一想，就會產生疑惑：為什麼把缺點叫作「毛病」？「毛病」跟毛又有什麼關係？

原來，「毛病」的本義是指馬身上聚生作旋渦狀的毛有缺陷。此語出自北宋許洞《虎鈐經》一書，該書卷十《馬毛利害第一百一十一》中列舉了一批不祥之馬，這些馬的特點都是馬毛有病，比如「目下有橫毛者，名死泣」，「旋毛在吻後者，名御禍」，「腋下有回毛者，名挾屍」……並得出這樣的結論：「已上馬毛病者，不利主也。」

明初學者陶宗儀編纂的《說郛》中收錄有徐咸《相馬書》，其中一段關於「旋毛圖」的說明文字被廣泛徵引：「凡毛氄軟溫潤有文理未易見，故此圖善旋五，所謂若滅若沒，若亡若失者也；惡者粗逆易見，故此圖惡旋十四，所謂毛病最為害者是也。」「氄（ㄖㄨㄥˇ）」指貼近皮膚處的細而軟的毛。貼近皮膚處的細毛溫潤而呈現出紋理，不容易看見，因此圖中畫出五類善旋；十四類惡旋則毛髮粗逆，容易看見，這是最壞的馬毛之病。

此段「旋毛圖」比許洞所記更為精細。徐咸極有可能是兩唐書中撰寫《相馬經》的徐成之誤，那麼這就意味著「毛病」一詞從唐代就開始使用了。蘇軾在《雜纂二續》一書中列舉了八大

「怕人知」，其中之一就是「賣馬有毛病」，可見馬毛之病早已是當時的忌諱。

此後「毛病」一語的含義漸漸擴大，從專指馬毛之病到泛指人或物的毛病。黃庭堅在《山谷刀筆》卷十六寫給友人王君全的信中說：「有一紫竹轎子未有竿，欲乞兩枝飽風霜緊小桂竹，又須時月無毛病者，便得之佳。」這是指飽經風霜、竹齡較長又沒有破損的桂竹。又在卷十八寫給馬中玉的信中說自己暈船、失眠，白天只好擁爐假寐，不能外出，「翹叟亦擇日出居，乃是荊南人毛病」，這是將「毛病」移用於人。朱熹和弟子的問答錄《朱子語類》中同樣有這個詞：「有才者又有些毛病，然亦上面人不能駕馭他。」說明宋代時已經習慣用「毛病」一詞形容人的缺點。

本來指馬毛之病的「毛病」一詞，因為從馬身上移用到人身上，漸漸失去本義，變成了一個指斥人的缺點、錯誤的貶義詞。

「水性楊花」的「楊花」原來是柳絮

「水性楊花」是一個歧視性的成語，比喻女人作風輕浮浪蕩，用情不專一。「水性」容易理解，即水性隨勢而流；「楊花」到底是什麼花？如果僅僅按照字面意思釋為楊樹之花，則不可解。楊樹多生於北方，主要種植在大道兩旁，發揮防風、遮陽或綠化作用，或者種植在墓地裡，楊樹葉大，無風自動，甚至聲如濤湧，可以陪伴寂寞的逝者，兼以招魂。而且楊樹挺拔，富有陽剛之氣，跟「水性」搭配在一起，殊為不倫不類。

再者，「楊柳」是古代詩文中常見的意象，比如《詩經．小雅．采薇》中的名句：「昔我往矣，楊柳依依。今我來思，雨雪霏霏。」很多人望文生義，以為楊柳就是楊樹和柳樹的合稱，其實大謬不然。如上所述，楊樹樹形高大，枝幹挺拔，何來「依依」的嬌弱之態？南朝詩人費昶也有詩：「楊柳何時歸，嫋嫋復依依。」楊樹同樣也沒有「嫋嫋」的嬌弱之態。

原來，「楊花」之「楊」即指水楊，也就是蒲柳，「楊花」即柳絮。

《爾雅．釋木》：「楊，蒲柳。」北宋韻書《廣韻》：「楊，赤莖柳。」可見最早的時候楊和柳是一個樹種，楊是柳的一種，即蒲柳。

《戰國策．西周策》講了一個故事：「楚有養由基者，善射，去柳葉者百步而射之，百發百中。」後來被總結為「百步穿楊」這個成語。養由基射的明明是柳葉，為何稱為「穿楊」？這就是因為楊和柳是同一樹種的緣故。

唐代還有一個很好玩的故事，也能很好地說明楊柳一體。據唐代名臣李泌的兒子李繁為父親所作的傳記《鄴侯家傳》記載，李泌寫詩諷刺楊國忠道：「青青東門柳，歲晏復憔悴。」楊國忠拿著詩去向唐玄宗告狀，唐玄宗笑著說：「賦柳為譏卿，則賦李為譏朕可乎？」楊國忠明明姓楊，唐玄宗卻說「賦柳為譏卿」，同樣是楊柳一體的明證。

唐人傳奇《煬帝開河記》中提供了一個生動有趣的傳說。汴梁的大渠修成後，為了避暑，隋煬帝親自動手，和群臣及百姓將兩岸都栽滿了垂柳，當時的歌謠唱道：「天子先栽，然後百姓栽。」栽畢，隋煬帝御筆寫賜垂柳姓楊，曰「楊柳」也。雖然是民間傳說，但也間接證明了楊柳一體。

《說文解字》：「蒲，水草也。」因此稱「蒲柳」或「水楊」。生長在水邊的蒲柳，一到春天，柳絮漫天飛舞，落入水中，隨水流而俱去，此之謂「水性楊花」，本來是一種自然現象，明代之後卻被粗俗的市民文化比附到女人身上，就此變成了一個歧視意味極濃的貶義詞。

「冬烘先生」原來是從「薰」字化出

「冬烘」是民間俗語，日常口語中常用，諷刺人迂腐淺陋。「冬烘先生」當然就是指迂腐淺陋的人，過去常用來諷刺私塾裡不問世事的教師。所有的辭典僅僅給出了「冬烘」一詞的出處，但是為什麼稱「冬烘」，卻都沒有解釋。

五代時人王定保《唐摭言》一書保存了唐代文人雅士的許多趣聞軼事，其中「誤放」一條載：「鄭侍郎薰主文，誤謂顏標乃魯公之後。時徐方未寧，志在激勸忠烈，即以標為狀元。謝恩日，從容問及廟院。標，寒畯也，未嘗有廟院。薰始大悟，塞默而已。尋為無名子所嘲曰：『主司頭腦太冬烘，錯認顏標作魯公。』」

顏真卿，唐代宗時被封為魯郡公，人稱「顏魯公」。顏真卿不僅是書法家，還是一代名臣。安史之亂，顏真卿率兵抵抗，被推為十七郡盟主，有效地阻止了安祿山的攻勢。唐德宗時，淮西節度使李希烈叛亂，顏真卿奉命前往勸諭，面對李希烈的勸降，威武不屈，結果以七十七歲的高齡被李希烈縊殺。

這是「錯認顏標作魯公」一詩的背景。話說唐宣宗時的禮部侍郎鄭薰主持科舉考試，有個考生名叫顏標，鄭薰誤以為他是顏真卿的後人，剛好當時徐州一帶的兵變尚未平息，為了激勵忠烈，遂取顏標為狀元。顏標拜見鄭薰謝恩的時候，鄭薰詢問他的「廟院」，名門望族世有官祭的宗祠稱作「廟院」。豈知顏標乃「寒畯（ㄐㄩㄣˋ）」，即寒微之士，哪裡有什麼「廟院」！這一下鄭薰方才醒悟過來，但已經板上釘釘，無法更改，鄭薰是啞巴吃黃連，有苦說不出。有人於是作詩嘲笑他：「主司頭腦太冬烘，錯認顏標作魯公。」

出典既明，那麼「冬烘」一詞該作何解呢？原來，這是從鄭薰的名字上化出的。薰，燒灼，烘烤，恰好與「烘」同義；冬烘，冬天烘烤，恰好又符合「薰」的和暖、溫和之意。因此，「冬烘」即化用鄭薰名字中的「薰」字來加以諷刺。本來是一個古人慣用的文字遊戲，流傳到後世，因為具體語境的滅失，「冬烘」成了諷刺性的形容詞，「冬烘先生」也成為貶義的稱謂。

「出爾反爾」原來指做的事最終會反加到自己身上

「出爾反爾」這個成語的意思是前後言行自相矛盾，反覆無常，但原意卻並非如此。

此語出自《孟子．梁惠王下》：「鄒與魯鬨。穆公問曰：『吾有司死者三十三人，而民莫之死也。誅之，則不可勝誅；不誅，則疾視其長上之死而不救，如之何則可也？』」

「鬨（ㄏㄨㄥˋ）」是爭鬥的意思。鄒國和魯國交戰，鄒穆公問：「我的官吏戰死了三十三人，可是百姓卻沒有一個戰死的。殺了他們吧，殺不完；不殺他們吧，又恨他們眼睜睜地看著長官戰死而不去相救，這該怎麼辦？」

「孟子對曰：『凶年饑歲，君之民老弱轉乎溝壑，壯者散而之四方者，幾千人矣；而君之倉廩實，府庫充，有司莫以告，是上慢而殘下也。曾子曰：『戒之戒之！出乎爾者，反乎爾者也。』夫民今而後得反之也。君無尤焉！君行仁政，斯民親其上，死其長矣。』」

「倉廩（ㄌㄧㄣˇ）」指貯藏米穀的倉庫。孟子回答說：「現在是饑荒年頭，而您的百姓呢，年老體弱的輾轉餓死在荒山溝裡，連青壯年都四處逃散，已經幾千人了；可是您的糧倉裡糧食卻堆得滿滿的，國庫裡金銀財寶也囤積了無數，沒有一位官員向您彙報過這種情況。這就是對上怠慢國君，對下殘害百姓啊！曾子曾經說過：『警惕啊！警惕啊！出乎爾者，反乎爾者也。』老百姓如今見死而不救，就是官員們做出的事反加到他們自己身上了。您不要再責怪這些百姓了。如果您能夠施行仁政，百姓自然就會親近他們的長官，願為長官犧牲了。」

孟子引用的「出乎爾者，反乎爾者」這句話是孔子的學生曾子說的，意思是說：凡事有善有惡。如果做出的是善事，那麼反歸自身的就會是善命；如果做出的是惡事，那麼反歸自身的就會是惡命。所謂「善有善報，惡有惡報」是也。「出爾反爾」這個成語就是從這句話裡提煉出來的，本來是中性詞，後來卻變成了一個譴責人的言行反覆無常的貶義詞。

「市儈」原來是交易的中間人

今天如果稱呼一個人為「市儈」，那是語感非常嚴重的罵人話。惟利是圖的奸商，貪圖私利的人，政治上隨波逐流、道德上虛假偽善、作風上粗鄙庸俗的人都可以稱作「市儈」。但是這個稱謂經歷了漫長的演變過程。

「儈（ㄎㄨㄞˋ）」指兩夥人之間的中間人或代理人。《說文解字》：「儈，合市也。」三國韻書《聲類》：「儈，合市人也。」也就是市場上交合雙方實施買賣的人。

《史記．貨殖列傳》載：「子貸金錢千貫，節駔會。」「子」是利息；「節」是節制，管理，估定價格；「駔（ㄗㄤˇ）」是駿馬、好馬，「會」即「儈」，「駔儈」就是說合牲畜交易、從中謀利的人。這句話的意思是：還有一千貫放高利貸的利息，以及估定價格、促成牲畜交易的掮客。

「駔儈」合指馬匹交易的經紀人，後來泛指市場經紀人。「駔」由此引申為馬販子，和「儈」的含義是一樣的。上述《史記．貨殖列傳》的引文，司馬貞索隱引《淮南子．泛論訓》「段干木，晉國之大駔」，注云「干木，度市之魁也」。「度市之魁」即估定市場價格的人，也就是中間人，段干木年輕時曾任晉國牲畜交易的首領，因此才這麼稱他。「儈」又稱「牙儈」、「牙子」、「牙人」。用「儈」可以指代不同的買賣，比如儈牛是從中撮合牛的買賣，儈豕是從中撮合豬的買賣。

《新唐書．食貨志》記載了當時的規定：「鬻兩池鹽者，坊市居邸主人、市儈皆論坐。」「鬻（ㄩˋ）」是賣的意思。古時鹽是官賣品，私人不得販鹽，如果有販兩池鹽的，坊市居所的主人和介紹私鹽買賣以收取傭金的中間人（即「市儈」）都要連坐受到懲罰。

直到清代，「市儈」一詞還只具有社會經濟的含義。梁紹壬《兩般秋雨盦隨筆》描述當時的風俗：「近俗市儈牙人，俱有別號。」市儈和牙人都是中間人的意思。因此之故，後來「市儈」也泛指商人，比如林則徐〈錢票無甚關礙宜重禁吃煙以杜弊源片〉的奏摺：「且市儈之牟利，無論銀貴錢貴，出入皆可取贏，並非必待銀價甚昂然後獲利。」這裡的「市儈」就是泛指商人。

因為中間人往往翻手為雲覆手為雨信譽不好，「市儈」逐漸變成了一個罵人庸俗可厭、貪圖私利的貶義詞。

「兇器」原來指喪葬器具

今天的「兇器」一詞只有一個義項：行兇時所用的器具。這個現象非常有趣，因為隨著時間的流逝，大多數語詞的義項會越來越豐富，而「兇器」則逆其道而行之，以至於到了今天，竟然只剩下惟一的一個義項！

我們來看看「兇器」一詞本來都具備哪些義項。

據《周禮》記載，周代有「閽人」一職，「掌守王宮之中門之禁」，負責掌管王宮中門出入的事宜，職責之一是：「喪服、兇器不入宮，潛服、賊器不入宮，奇服、怪民不入宮。」

鄭玄注解說：「喪服，衰絰也。兇器，明器也。潛服，若衷甲者。賊器，盜賊之任器，兵物皆有刻識。奇服，衣非常。」

「衰（ㄘㄨㄟ）」指粗麻布製成的喪服；「絰（ㄉㄧㄝˊ）」指用麻製成的喪帶，繫在頭上的稱「首絰」，繫在腰上的稱「腰絰」；「明器」指陪葬的器物，以使死者通達神明，故稱「明器」；「潛服」、「衷甲」指將鎧甲暗藏於衣內；「賊器」、「任器」指盜賊所使用、任用來傷人的兵器，古時的兵器上都有標記；「奇服」指不尋常的新奇的服飾；「怪民」指性情古怪、精神失常的人。以上皆不准進入王宮。

《禮記．曲禮下》也有類似的規定：「書方、衰、兇器，不以告，不入公門。」孔穎達注解說：「『書』謂條錄送死者物件數目多少，如今死人移書也。方，板也。百字以上用方板書之，故云『書方』也。」也就是說，「書方」指記錄送給死者物件數目多少的方板。「兇器者，棺材及棺中服器也。」「兇器」即棺材以及棺材中的陪葬物。臣子死於宮中，以上喪葬器具必須入宮，以便收殮，但必須事先向國君告知，如果沒有告知，則不准入宮。

北宋大型類書《太平廣記》卷一百七十二引五代王仁裕《玉堂閒話》「殺妻者」一條，其中寫道：「某於一豪家舉事，具言殺卻一奶子，於牆上舁過，兇器中甚似無物，見在某坊。發之，果得一女首級。」

「奶子」指乳母，「舁（ㄩˊ）」是抬的意思。此人到一豪貴之家辦理喪事，都說一位乳母被殺，但是從牆上抬過的時候，卻覺得棺材裡面好像沒有屍體，結果發現裡面只有一顆人頭。這裡的「兇器」就是指棺材，可見五代時仍然稱棺材為「兇器」。

《國語．越語》記載了范蠡的一段話：「夫勇者，逆德也；兵者，兇器也；爭者，事之末也。陰謀逆德，好用兇器，始於人者，人之所卒也。」將兵器視為「兇器」，今天「兇器」一詞只指行兇殺人所使用的器械，正是由此而來。

《莊子．人間世》引孔子的話說：「名也者，相軋也；知也者，爭之器也。二者兇器，非所以盡行也。」名聲是互相傾軋的原因，智慧是互相爭鬥的工具。這兩樣東西都是兇器，不能盡行於世。這裡的「兇器」屬抽象用法，比喻能夠引起禍端的不祥的東西，已經變成了貶義詞。

「向壁虛造」對著的是孔子故宅的牆壁

「向壁虛造」還可以寫作「向壁虛構」，面對著牆壁進行虛構，比喻沒有事實根據，憑空想像捏造。不過仔細一想問題就來了：如果要憑空想像，面對著天空比面對著牆壁更加合適，也更符合憑空想像的語義。

原來，這個成語的誕生跟歷史上一段著名的公案有關，《漢書．藝文志》有詳細的記載：「《古文尚書》者，出孔子壁中。武帝末，魯共王壞孔子宅，欲以廣其宮，而得《古文尚書》及《禮記》、《論語》、《孝經》凡數十篇，皆古字也。共王往入其宅，聞鼓琴瑟鐘磬之音，於是懼，乃止不壞。」

魯共王劉餘是漢景帝之子，先被封為淮陽王，後改封為魯王，從淮南遷到曲阜。《史記》稱他「好治宮室苑囿狗馬」，因此才會拆除孔子故宅以擴建自己的宮室，沒想到發現了秦始皇焚書時孔子後人所藏的《古文尚書》等文獻，這就是著名的「壁中書」。

這些新發現的文獻是用六國文字所寫，既不同於漢代的隸書，又不同於秦代的小篆，因此被稱作「古文」，與此同時也有人認為是假造的。許慎在《說文解字敘》中描述了這一事件：「壁中書者，魯恭王壞孔子宅而得《禮記》、《尚書》、《春秋》、《論語》、《孝經》。又北平侯張蒼獻《春秋左氏傳》，郡國亦往往於山川得鼎彝，其銘即前代之古文，皆自相似。雖叵復見遠流，其詳可得略說也。而世人大共非訾，以為好奇者也，故詭更正文，鄉壁虛造不可知之書，變亂常行，以耀於世。」

這段話的意思是說：包括壁中書在內的前代的古文都很相似，因此可以判定是真實的，雖然不能再現遠古文字的全貌，但先秦文字的情況卻能知道個大概了。「訾（ㄗˇ）」是非議、詆毀之意，世人都詆毀這些古文字，認為是好奇者所作，故意更改現行文字的寫法，假託出自孔子故宅的牆壁之中，偽造不可知之書，以炫耀於世。許慎批評這些人「迷誤不諭，豈不悖哉」。

「鄉」通「向」，「鄉壁虛造」即「向壁虛造」，這就是這個成語的出處。「壁」本來專指孔子故宅藏書的牆壁，當「壁中書」的本義不為人所知之後，後人遂不解何為「向壁」，「向壁虛造」由此也成為一個泛指的貶義詞。

「老鴇」為何是妓院老闆娘的蔑稱

大約從元代開始，各類通俗小說和戲曲中開始頻繁出現「老鴇」這一稱謂，明清兩代延續，甚至直到今天，日常口語中也還在使用這個詞，而且「老鴇」的含義盡人皆知，即妓院的老闆娘，又可稱「鴇母」、「鴇兒」。很多人都會覺得這個稱謂奇怪，奇怪的原因在於不知道什麼叫「鴇」。

《說文解字》：「鴇，鳥也。肉出尺胾。」「胾（ㄗˋ）」是切成大塊的肉，「鴇」這種鳥體型很大，肉質肥美，厚至尺許，故稱「肉出尺胾」。周代時這種鳥就屬「膳羞」之鳥，供給天子所食。

從現代動物學的分類也可以看出「鴇」的體型之大。鴇是鴇科的中型和大型狩獵鳥類，是現存鳥類中體型最大、身體最重的一種，頭小脖子長，長得跟鶴很像，不善飛行，善於在陸地上奔跑，食物是大量害蟲的幼體，所以是一種益鳥。這種鳥現在屬珍稀動物，國家一級保護動物，據說已經快要在地球上滅絕了。

《詩經．國風》中有一首名為〈鴇羽〉的詩篇，鄭玄注解說：「鴇音保，似雁而大，無後指。」這首詩每段的開頭都吟詠道：「肅肅鴇羽，集于苞栩。」「肅肅鴇翼，集于苞棘。」「肅肅鴇行，集于苞桑。」「肅肅」是形容鴇鳥的翅膀振動的聲音，「栩」是柞樹。鴇鳥扇動翅膀，成群地棲落在叢密的柞樹、酸棗樹和桑樹之上。

《毛傳》：「鴇之性不樹止。」意思是鴇鳥不喜歡棲止於樹上。孔穎達則解釋說：「鴇鳥連蹄，性不樹止，樹止則為苦，故以喻君子從征役為危苦也。」所謂「連蹄」，也就是「無後趾」的意思，無法長時間地在樹上停留，因此用鴇鳥集於樹來比喻征夫的苦役。

身為益鳥，居然拿它命名妓院老闆娘，到底是何原因呢？有人認為「鴇」這個字的左邊，上面的「匕」是雌性生殖器的符號，下面的「十」是雄性生殖器的符合，用雌雄交配來比喻鴇鳥善淫。這真是胡說八道！「匕」是「比」的省寫，《周禮》中規定：「令五家為比，使之相保。」「十」則表示事物的數目。上「匕」下「十」，意思就是有數目的事物相比並。陸佃在《埤雅》中的描述最符合「鴇」的字形：「鴇性群居如雁，自然而有行列。」「肅肅鴇行，集于苞桑」的「鴇行」一詞，描述的就是鴇鳥飛行時相比並，排列成行的情形。

最早把鴇鳥和妓院老闆娘聯繫起來的是明代劇作家朱權的《丹丘先生論曲》：「妓女之老者曰鴇。鴇似雁而大，無後趾，虎文，喜淫而無厭，諸鳥求之即就。」朱權對鴇鳥這一習性的描述不知從何而來。

到了清代，多隆阿所著《毛詩多識》則幾乎坐實了鴇鳥的這則來歷不明的傳說：「鴇性淫汙，則為人所同賤也。或云此鳥純雌無雄，有他鳥映日高飛，則鴇低飛，下承其影即孕，俗因呼為百鳥妻，呼娼女之母曰鴇，義亦取此。」雖然多隆阿接著就說「然鴇實有雄者，其說不可信」，但民間將妓院老闆娘稱為「老鴇」則早已定型。

不過「老鴇」這一稱謂的來歷還有另外一種說法。唐人孫棨（ㄑㄧˇ）《北里志》記載了當時長安城北平康里歌妓們的日常生活，其中寫道：「妓之母多假母也，亦妓之衰退者為之。」孫棨自注道：「俗呼為爆炭，不知其因，應以難姑息之故也。」原來，唐時稱妓女的假母為「爆炭」，連孫棨都不知道為何稱「爆炭」，猜測為「難姑息之故」。所謂「難姑息」，意思是說假母通常脾氣暴躁，《北里志》中有非常形象的描述：「初教之歌令，而責之甚急，微涉退怠，則鞭扑備至。」

尚秉和先生在《歷代社會風俗事物考》中解釋說：「今日妓之假母，俗呼為老爆子，蓋仍沿唐時爆炭之稱。爆炭者，言其鞭撻稚妓，威怒爆發，如炭之爆也。亦曰鴇母，蓋爆之訛。」

綜上所述，不管是出自「鴇性最淫」這一傳說的「老鴇」稱謂，還是出自脾氣暴躁的「爆炭」稱謂，對妓院老闆娘的刻畫可謂入木三分，只是可憐了鴇鳥這天下第一冤屈的鳥兒！

「吹噓」原來是形容互相提攜

「吹噓」就是吹捧，不管是吹捧自己還是吹捧別人，都可以叫「吹噓」。這是一個不折不扣的貶義詞。

「吹」和「噓」雖然都跟吐氣有關，但是二者的區別很大，直接影響到各自的組詞方式。三國韻書《聲類》如此解釋二者的區別：「出氣急曰吹，緩曰噓。」明代韻書《正韻》則進一步解釋道：「蹙脣吐氣曰吹，虛口出氣曰噓。吹氣出於肺，屬陰，故寒；噓氣出丹田，屬陽，故溫。」

綜上所述，「吹」的動作非常用力，因此可以組成吹牛、吹法螺、吹得天花亂墜、吹鬍子瞪眼睛等詞語，又因為「吹」的是冷風，可以組成風吹雨打、吹風等詞語；而「噓」的動作較緩慢，「噓」出的又是熱風，因此可以組成噓寒問暖、噓嘆等詞語，日常生活中提醒別人安靜也用一聲「噓」。

「吹噓」一詞早在魏晉時期就已經開始使用，不過含義跟今天大有區別。揚雄《方言》解釋說：「吹，助也。」郭璞注解說：「吹噓，相佐助也。」因此，「吹噓」最早的含義指互相幫助，獎掖後進，提拔人才，都屬職責範圍之內的正當行為，並沒有今天「吹噓」義項中空口說白話的含義。

《宋書．沈攸之傳》載：「沈攸之出自萊畝，寂寥累世，故司空沈公以從父宗蔭，愛之若子，卵翼吹噓，得升官秩。」古代社會講究門第，沈司空為侄子「吹噓」的行為也談不上什麼不光彩。唐人李頎〈送綦毋三謁房給事〉：「高道時坎坷，故交願吹噓。」張謂〈寄李侍御〉：「價以吹噓長，恩從顧盼深。」杜甫〈贈獻納使起居田舍人澄〉：「揚雄更有河東賦，唯待吹噓送上天。」顯而易見，唐詩中的「吹噓」並無任何貶義，而是表達了同僚或者朋友之間互相提攜的感情之情。

不過，「吹噓」用作貶義，起源也很早。南北朝時期，顏之推在著名的《顏氏家訓》中寫道：「有一士族，讀書不過二三百卷，天才鈍拙，而家世殷厚，雅自矜持，多以酒犢珍玩交諸名士，甘其餌者，遞共吹噓。」吹噓的結果是，此人有一次在文人雅士聚會的場合露了餡。這裡的「吹噓」就是指名實不符地瞎吹一氣。

今天的「吹噓」從中性詞變成了貶義詞，形容誇張、過分地吹捧，沒有事實依據地空口說白話。

「沆瀣一氣」原來是打趣的文字遊戲

「沆瀣一氣」比喻臭味相投的人勾結在一起。「沆（ㄏㄤˋ）」是白色的霧氣，「瀣（ㄒㄧㄝˋ）」是夜間的水氣，「沆瀣」合在一起即指夜間的水氣、露水。

不過，作為成語的「沆瀣一氣」，「沆瀣」卻並不是指夜間的水氣，而是指兩個人。北宋錢易《南部新書》記載了一則軼事：「乾符二年，崔沆放崔瀣，談者稱『座主門生，沆瀣一氣。』」

王讜《唐語林》則有更詳細的記載：「崔相沆知貢舉，得崔瀣。時榜中同姓，瀣最為沆知。談者稱：『座主門生，沆瀣一氣。』」

這兩個人同姓，都姓崔，一個叫崔沆，一個叫崔瀣。崔沆是唐僖宗時的宰相，乾符二年（八七五）主持進士科考試，剛好有一個考生叫崔瀣，文章做得非常好，崔沆愛不釋手，就錄取了崔瀣。按照常規，考生中試後要面見主考官（稱「座主」）致謝，崔沆非常欣賞崔瀣，於是二人談了很久，相互知心。事情就有這麼巧，二人名字中的沆和瀣合在一起居然是一個固定詞組，即「沆瀣」，也就是夜間的水氣的意思，於是當時的人們就把二人的名字聯繫在一起，造了兩句歌謠來打趣：「座主門生，沆瀣一氣。」這兩句歌謠絲毫沒有貶義，純粹是靈機一動造出來的文字遊戲。

清人曾樸的譴責小說《孽海花》第三十四回〈雙門底是烈女殉身處 萬木堂作素王改制談〉中寫道：「皓東的敏銳活潑，和勝佛的豪邁靈警，兩雄相遇，尤其沆瀣一氣。」這裡的「沆瀣一氣」非但沒有貶義成分，簡直就是一個地地道道的褒義詞，誇獎兩雄氣味相投。

崔沆、崔瀣本無關係，但被人隨口打趣的玩笑話，卻暗示座主、門生之間關係非比尋常。這是一樁因巧合而引起曲解的傳播學案例，「沆瀣一氣」遂由文字遊戲變成了貶義詞。

「呷醋」為何比喻男女之間妒忌

有些辭典把「呷醋」一詞歸類為粵語詞彙，這是不對的。粵語中固然有這個詞彙，但「呷醋」最初是地地道道的中原官話，並且經歷了由中原而江南而嶺南的傳播過程。人們之所以會產生歸屬粵語詞彙的錯覺，是因為「呷」字在現代漢語中幾乎廢棄不用的緣故。

「呷」讀ㄒㄧㄚˊ，《說文解字》：「呷，吸呷也。」明代學者趙宧光《說文長箋》解釋說：「吸而飲曰呷。甲有斂藏義，故從甲。」既吸而飲，那麼「呷」就是指小口飲。西晉木華的〈海賦〉中有「猶尚呀呷，餘波濁湧」的句子，李善注解說：「呀呷，波相吞之貌。」波浪互相吞吸如飲，正是「呷」的本義。

把喝醋稱作「呷醋」，這種說法早在唐代就已經出現了。中唐時李肇《唐國史補》載：「任迪簡為天德軍判官，軍宴後至，當飲觥酒，軍吏誤以醋酌。迪簡以軍使李景略嚴暴，發之則死者多矣，乃強飲之，吐血而歸。軍中聞者皆感泣，後景略因為之省刑。及景略卒，軍中請以為主，自衛佐拜御史中丞，為軍使，後至易定節度使，時人呼為『呷醋節帥』。」

「觥（ㄍㄨㄥ）」是用獸角所製的飲酒器，或容七升，或容五升，可想而知一觥酒的容量巨大。「軍使」是掌軍中賞功罰罪的官員，李景略素以嚴暴著稱，因此當任迪簡發現軍吏誤以醋為酒，要罰這一觥時，就沒有聲張，因為他知道，如果聲張的話，連累的軍吏會很多，而且都是死罪。但是喝完這一觥醋可不那麼容易，任迪簡竟至於吐血而歸。這種仗義的行為受到了廣泛的好評，李景略也進行了反省，因為這件事而「省刑」，減輕了軍中各種嚴苛的處罰措施。

李景略死後，軍中眾人就擁戴任迪簡擔任軍使一職，一直做到易定節度使的高位，所以任迪簡的別稱就叫「呷醋節帥」，「節」即指節度使。

今天的「呷醋」一詞比喻男女感情中的妒忌，意同「吃醋」，而任迪簡是真的喝醋，因此這一含義不可能起源於此。我們來看看南宋文學家陸游在《老學庵筆記》中收錄的一則民謠，那才是「呷醋」一詞比喻妒忌的真正來源。

這首民謠是：「吏勳封考，三婆兩嫂；戶度金倉，細酒肥羊；禮祠主膳，淡吃齏麵；兵職駕庫，咬薑呷醋；刑都比門，人肉餛飩；工屯虞水，身生餓鬼。」

宋代的中央政府沿襲唐制，分為六部，即吏部、戶部、禮部、兵部、刑部、工部，這首民謠吟唱的就是六部因各自職責而享受的不同待遇。

宋室南渡，一片混亂，很多官員都丟了做官的憑證，需要驗明正身，補辦文憑，因此吏部油水豐厚，人人都能娶到三妻四妾，故曰「三婆兩嫂」；戶部掌管財政，可想而知非常富裕，天天「細酒肥羊」；禮部則很清閒，無油水可撈，只能就著酸菜吃麵，連鹽都吃不起，故曰「淡吃齏麵」，「齏（ㄐㄧ）」指搗碎的薑、蒜或韭菜末製成的酸菜；兵部的軍事大權都被樞密院所剝奪，窮得只好「咬薑呷醋」；刑部可就厲害了，因為軍事開支巨大，賦斂日益沉重，刑獄也就多了起來，刑部趁機撈油水，甚至拿人肉包餛飩吃，這當然是藝術的誇張之詞；工部相當於今天的建設部、水利部、農業部等部門，不過凡是有油水的重大工程都被宮中的內府搶去了，工部變成了一個清水衙門，故曰「身生餓鬼」，人人都成了活著的餓死鬼。

薑和醋的味道都很辛辣，可想而知兵部的官員咬著薑呷著醋，兩眼淚汪汪，眼巴巴地羨慕並妒忌吏部、戶部和刑部的官員。「咬薑呷醋」之說就此流傳了下來，清初戲劇家李漁在傳奇《憐香伴》中寫道：「下官自從選了這個窮教官，坐了這條冷板凳，終日熬薑呷醋，尚不能勾問舍求田，那裡再經得進口添人。」可見這一俗語已成為清貧生活的代名詞，妒忌豪富生活之意油然而生。再往後，嶺南民間又將這一俗語移用於男女之間，嘲諷地稱男女妒忌為「呷醋」，「呷醋」也就從真的喝醋變成了比喻意義上的貶義詞。

「夜貓子」原來指鴟鵂這種怪鳥

「夜貓子」這個日常俗語，今天只用來比喻那些喜歡熬夜的人，但在古代，「夜貓子」卻是一種真的鳥兒，而且名字很古怪，叫作「鴟鵂（ㄔ ㄒㄧㄡ）」。

晚清文康所著話本小說《兒女英雄傳》第五回〈小俠女重義更原情 怯書生避難翻遭禍〉中寫道：「這老梟，大江以南叫作貓頭鴟，大江以北叫作夜貓子，深山裡面隨處都有。這山裡等閒無人行走，那夜貓子白日裡又不出窩，忽然聽得人聲，只道有人掏他的崽兒來了，便橫衝了出來，一翅膀正搧在那騾子的眼睛上。」

《詩經．大雅．瞻卬》中有「為梟為鴟」的詩句，「梟（ㄒㄧㄠ）」和「鴟」都是貓頭鷹一類的鳥，古人認為這種鳥是惡鳥，又說「梟」是不孝之鳥，長大後會吃掉自己的母親。

三國時期魏人張揖編纂的《廣雅》中說：「鴟鵂，怪鴟也。」北宋學者陸佃《埤雅．釋鳥》中說：「鴟鵂，《釋鳥》所云怪鴟是也。其鳴即雨，為游可以聚諸鳥。一名只狐，晝無所見，夜即飛啖蚊虻、鴞服、鬼車之類。」「鴞（ㄒㄧㄠ）」也是鴟一類的鳥，楚人稱「鴞」為服鳥，故稱「鴞服」。「鬼車」俗稱九頭鳥，從名字即可看出，也是一種能製造災殃的怪鳥。

這就是鴟鵂的特性。《莊子．秋水》寫道：「鴟鵂夜撮蚤，察毫末，晝出瞋目而不見丘山，言殊性也。」意思是說：鴟鵂夜裡能抓到跳蚤，明察毫毛之末，白天瞪大眼睛也看不見山丘，說的是秉性不同。

《廣雅》又說：「今江東通呼此屬為怪鳥。」清代乾隆年間學者王念孫在為《廣雅》所作的疏證中說：「怪鴟頭似貓而夜飛，今揚州人謂之夜貓。」可見至遲到清代初年，揚州民間已經將鴟鵂這種怪鳥稱作「夜貓」了。文康是晚清時人，「大江以南叫作貓頭鴟，大江以北叫作夜貓子」的記載並不準確。不過從中也可看出，「夜貓子」這一稱謂此時已經傳遍江南江北，成為民間的共用俗語了。

後人對前人的分類之細多不耐煩，因此將鴟、梟一類的鳥統稱為貓頭鷹。又因為貓頭鷹的習性乃晝伏夜出，因此移用於喜歡熬夜的讀書人身上，稱之為「夜貓子」，含有輕微的貶義成分，是對作息不規律的不良生活習慣的批評。

「招搖」原來是北斗七星的第七星

《史記・孔子世家》載：「居衛月餘，靈公與夫人同車，宦者雍渠參乘，出，使孔子為次乘，招搖市過之。」古人乘車，尊者在左，御者在中，另有一人在右陪坐，稱「參乘」或「車右」。孔子五十六歲的時候到了衛國，居住一月有餘，衛靈公與夫人南子同坐一輛車，宦官雍渠陪侍車右，讓孔子坐在第二輛車上跟隨，一行人大搖大擺地從街市上招搖走過。有感於這樣的場景，孔子自言自語地感嘆出了一句名言：「吾未見好德如好色者也。」遂引以為醜，離開了衛國。

「招搖過市」這個成語指在街市上故意招搖，虛張聲勢，炫耀自己，以期引起別人的注意。不過，「招搖」本來是北斗七星的第七星，又叫搖光、瑤光或招遙。北斗是由天樞、天璿、天璣、天權、玉衡、開陽、招搖七星組成的，其中第七星「招搖」又被附會為破軍星。既為破軍，就跟軍事扯上了關係。《禮記・曲禮上》有這樣的規定：「行，前朱鳥而後玄武，左青龍而右白虎，招搖在上。」這是指的軍隊出征時的儀仗。

朱鳥又稱朱雀，是二十八宿的南方七星構成的鳥形，象徵南方；玄武是二十八宿的北方七宿構成的龜蛇相纏之形，象徵北方；青龍是二十八宿的東方七星構成的龍形，象徵東方；白虎是二十八宿的西方七星構成的虎形，象徵西方。這四面旗幟要按照前、後、左、右的次序豎立起來，居中的是最重要的「招搖」旗。

所謂「招搖在上」，鄭玄注解說：「招搖星在北斗杓端，主指者。」招搖星在北斗杓的尖端，是最明顯的指示方向之星，因此用它來代指北斗。行軍時要在居中的這面旗幟上畫出北斗七星，同其他四面旗幟一起使用，為的是確定行軍的方向和布陣的方位。

招搖旗居中而又高高在上，可以想見在這面旗幟的指引之下，千軍萬馬浩浩蕩蕩開赴前線的盛況，因此「招搖」被附會為破軍星，並引申出過分張揚的意思。衛靈公一行就是這樣張揚、炫耀地「招搖過市」的。「招搖」的本義漸漸被忘記，跟「招搖過市」一起變成了貶義詞。

「狗拿耗子」原來不是多管閒事

俗話說「狗拿耗子，多管閒事」，把狗去捉拿耗子視為不務正業。不過在古代，狗的主要職責之一真的就是捉拿耗子！

貓的馴化遠遠沒有狗那麼早，先秦的時候，貓還屬山林動物，逍遙自在地在山林之間遊蕩，跟寵物的概念絲毫不沾邊。貓的主食是出沒於農田之中的田鼠，而不是家鼠。周代歲末舉行祭祀時，迎請的八種神之一就有貓，並且將貓和老虎歸為一類，可見貓還是野生動物。這就是《禮記‧郊特牲》中所說：「迎貓，為其食田鼠也；迎虎，為其食田豕也。迎而祭之也。」

那麼，早就猖獗的鼠患問題是怎麼解決的呢？答案是：訓練捕鼠犬。《周禮》載，周代有「犬人」一職，職責之一是：「凡相犬、牽犬者屬焉，掌其政治。」鄭玄注解說：「相謂視擇，知其善惡。」賈公彥進一步解釋說：「犬有三種：一者田犬，二者吠犬，三者食犬。若田犬、吠犬，觀其善惡，若食犬，觀其肥瘦，故皆須相之。」

捕鼠犬當然也需要「相」。《呂氏春秋‧士容》記載了一個有趣的故事：「齊有善相狗者，其鄰假以買取鼠之狗，期年乃得之，曰：『是良狗也。』其鄰畜之數年，而不取鼠，以告相者。相者曰：『此良狗也。其志在獐麋豕鹿，不在鼠。欲其取鼠也則桎之。』其鄰桎其後足，狗乃取鼠。」

「期年」指一年。齊國的這位相者為鄰居相了整整一年，才挑中一條良狗，結果竟然好幾年都不捕鼠。這條狗顯然是獵犬，志在追捕獐、麋、野豬、鹿等野獸，因此要把它的後腿綁起來，讓它明白自己的職責是捕鼠。

至遲到西漢時期，貓已經被馴化，專門用來捕鼠。唐代貓的家族開始大規模地繁衍起來，家家戶戶都開始養貓捕鼠，貓也被作為寵物豢養。狗呢，看見老鼠目不斜視，動都懶得動一下，當年捕鼠的主要職責大概早就從基因中刪除，「狗拿耗子」這句俗語也就從本職工作的描述變成了「多管閒事」的貶義詞。

「非驢非馬」竟然真的是騾子

日常俗語「非驢非馬」，如今更多的是用作比喻義，比喻那些不倫不類的事物。不過，這句俗語最初誕生的時候，就像一道腦筋急轉彎的試題，還真的就是其本義，即騾子。

《漢書．西域傳》載，龜茲國王絳賓娶烏孫的漢朝公主解憂公主之女為妻，漢宣帝時，二人一起入朝朝賀，受到漢室的熱情接待和賞賜：「後數來朝賀，樂漢衣服制度，歸其國，治宮室，作徼道周衛，出入傳呼，撞鐘鼓，如漢家儀。外國胡人皆曰：『驢非驢，馬非馬，若龜茲王，所謂贏也。』」

「徼（ㄐㄧㄠˋ）道」指巡邏警戒的道路，「周衛」指宮禁。以上這些都是漢室制度，迥異於西域，因此西域的胡人都說：「驢非驢，馬非馬，若龜茲王，所謂贏也。」「贏」即「騾」，「騾」是俗字。

《說文解字》：「贏，驢父馬母。」西晉學者崔豹《古今注》解釋說：「驢為牡，馬為牝，生騾；騾為牝，馬為牡，生駏。」古人稱雄性的鳥獸為「牡」，稱雌性的鳥獸為「牝（ㄆㄧㄣˋ）」。公驢和母馬雜交出來的就是騾子，母騾和公馬雜交出來的則稱「駏（ㄐㄩˋ）」。

東晉葛洪在《抱朴子．論仙》中寫道：「愚人……不信騾及駏驉是驢馬所生，云物各自有種，況乎難知之事哉？夫所見少，則所怪多，世之常也。」「駏」也叫「駏驉」，體型比騾子小，特點也是善走。「所見少，則所怪多」，可見騾子和駏驉都不是古人日常生活中常見的牲畜，甚至包括驢都是從西域引進的家畜，因此才會出現於西域胡人之口。

西域胡人對絳賓「驢非驢，馬非馬」的評價，後人濃縮為「非驢非馬」這個俗語，常與「不倫不類」連用，成為一個貶義詞；順理成章地，騾子也從此成為詈詞。因為騾沒有生育能力，因此古代醫學所說的五種天生不孕的女子，第一名就稱作「騾」（或「螺」）。娶親時絕不能使用騾子，也是這個道理。

「冠冕堂皇」原來是形容百官雲集

「堂皇」一詞，如今多用於「富麗堂皇」、「冠冕堂皇」。「富麗堂皇」是褒義詞，形容宏偉華麗，氣勢盛大；「冠冕堂皇」是貶義詞，形容表面上莊嚴正大，其實徒有其表，虛張聲勢，裝腔作勢而已。在今天的語境中，「堂皇」毫無疑問是形容詞，但最初卻是名詞，指盛大的廳堂。

《漢書．胡建傳》載，漢武帝時，胡建在禁衛軍中擔任主管軍法官員的低級下屬。雖然職位低微，又很貧窮，但他關心愛護士卒，因此頗得人心。時有監軍御史將北軍軍營的垣牆打通，與外面做生意，敗壞軍紀。胡建想殺了他，於是跟士卒們約定：「我欲與公有所誅，吾言取之則取，斬之則斬。」「於是當選士馬日，監御史與護軍諸校列坐堂皇上，建從走卒趨至堂皇下拜謁，因上堂皇，走卒皆上。建指監御史曰：『取彼！』走卒前曳下堂皇。建曰：『斬之！』遂斬御史。」

這則記載中，「堂皇」一詞凡四見，顏師古注解道：「室無四壁曰皇。」「皇」的本義是燈火輝煌，引申指盛大，「室無四壁」，當然非常寬闊；「堂」的本義是殿堂。因此「堂皇」就作為一個名詞使用，指盛大的廳堂。三國學者張揖《廣雅．釋宮》曰：「堂皇，殿也。」即是此意。

東晉葛洪輯抄的《西京雜記》說：「文帝為太子立思賢苑以招賓客，苑中有堂隍六所。」「堂隍」即「堂皇」。《太平御覽》引《洛陽記》：「洛陽宮有桃間堂皇、杏間堂皇、柰間堂皇、竹間堂皇、李間堂皇、魚梁堂皇、醴泉堂泉、百戲堂皇。」「柰（ㄋㄞˋ）」是一種似李子的水果，魚梁是攔截水流捕魚的設施。又引《晉宮闕名》：「洛陽宮有水碓堂皇、擇果堂皇。」水碓（ㄉㄨㄟˋ）是用水力舂米的器械。可見漢晉時期的宮中有各種各樣用途的「堂皇」。

太平天國時期，朱翔庭在《建天京於金陵論》中議論道：「較之妖穴罪隸，其冠冕堂皇之盛，不更判以天淵乎？」太平天國將北京改稱「妖穴」，直隸改稱「罪隸」，與之作對比的金陵則「冠冕堂皇」，百官雲集於堂皇之上，何等的莊嚴正大。

「冠冕」代指官宦，和「堂皇」一樣都容易流於空洞和形式化，因此「冠冕堂皇」慢慢地「詞義貶降」為貶義詞，比喻徒有其表。

「城府」為何比喻人有心機

形容一個人很有心機、不坦率叫作「胸有城府」或「城府很深」，多用作貶義。相反就叫「胸無城府」。為什麼把城府和心機聯繫到了一起呢？

「府」的本義是古時候國家收藏文書或財物的地方，後來引申為官署，「百官所居曰府」。漢魏南北朝時，「府」多指高級官員和諸王治事之所，唐代開始設置府級行政機構。「城府」一詞最早指的就是官府。《後漢書．逸民列傳》載：「龐公者，南郡襄陽人也。居峴山之南，未嘗入城府。」龐公是一位隱士，志向高潔，當然從來不屑進入官府。

大約從晉代開始，「城府」開始跟人的心機聯繫起來了。干寶《晉紀總論》稱讚司馬懿「性深阻有如城府，而能寬綽以容納」，「深阻」指性情深沉而不外露，其中的「深」字用來形容「府」，「阻」字用來形容「城」。古代的城池都建立在交通要道，往往據險以守，以防輕易被敵軍攻破，因此城池的主要功能就是「阻」，險阻；管理百姓的官府為了宣示政治權威，不僅占地極廣，而且非常幽深，只有這樣才顯得神祕，才會讓平民百姓摸不清裡面的虛實，從而保持對官府的敬畏之心，因此官府給人的感覺就是「深」，唐代詩人崔郊有「侯門一入深如海」的名句，用「海」來比喻官府和權貴府邸之深，真是太形象了！

城池和官府的象徵性就這樣跟人的心機聯繫起來了。《宋史．傅堯俞傳》比喻得更加清楚：

「堯俞厚重寡言，遇人不設城府，人自不忍欺。」設，設置，部署。城池和官府都可以「設」，人心也就像「城府」一樣，如果「設」了，別人自然就揣摩不出用心，就會產生敬畏之心。

這就是「城府」一詞的來歷，本來只是實指官府的中性詞，就因為和人的心機聯繫起來，從而變成了貶義詞。

「挑釁」原來跟祭祀有關

「挑釁」是尋釁生事，蓄意引起爭鬥、衝突或戰爭的意思。「挑」可以理解為挑起、引起，那麼「釁」是什麼意思？「挑釁」組合在一起，又為什麼可以當作這個意思講呢？原來，「挑釁」一詞跟古代的祭祀制度密切相關。

「釁」這個字非常繁複，但同時也非常有意思。就訛變為小篆之前的字形分析，是一個人雙手端著一盆水倒入下面的器皿之中，然後沐浴。這個字反映的是古人祭祀之前舉行的一項儀式，這項儀式稱作「釁浴」。

《周禮》載：「女巫掌歲時祓除、釁浴。」「祓（ㄈㄨˊ）除」指三月上旬的巳日到水邊齋戒沐浴，以除災去邪，後改三月三日為上巳。鄭玄注釁解說：「釁浴，謂以香熏草藥沐浴。」《國語．齊語》記管仲初見齊桓公，「三釁三浴之」，可見是用香草塗身，並用湯沐浴潔身，以示誠敬。除了「釁浴」，還有「釁屍」的儀式，用香草製成的鬯（ㄔㄤˋ）酒塗抹、擦洗屍體，也是潔身之意。

除了用於人，新製成的器物也要殺牲以祭，用牲血塗抹在器物的縫隙處，就像人用香草塗身一樣。比如宗廟初成，要「釁廟」；鐘鼓製成，要「釁鐘」、「釁鼓」。「釁」是一種祭祀的儀式，這就是「釁」的本義。

「釁」太過繁複，後來又造出一個「衅」字，會意為用牲血塗抹一半的縫隙之處，因此「釁」引申為縫隙之意。這個縫隙可不僅僅指器物的縫隙，也可以指人與人之間的裂痕或者禍亂。有裂痕可乘，因此才可以「尋釁」生事，發動禍亂的首領則稱作「釁首」。

「挑」的本義其實不是挑起、引起，而是撥弄。比如《史記．項羽本紀》載項羽說「願與漢王挑戰決雌雄」，這是項羽單方面的願望，「挑戰」意為戲弄劉邦，誘劉邦出戰。因此「挑釁」一詞分為兩個步驟：先發現對方有隙可乘之縫隙，此之謂「尋釁」；然後加以「挑」之，即撥弄、戲弄對方，誘使對方生氣，從而達到應戰的目的。舉例而言，比如今天一方挑釁另一方，常常會說「你不是拳頭厲害嗎？」，「拳頭厲害」就是尋到的對方的「釁」。

古人只將「釁」用於沐浴和祭祀，後人卻將它的含義擴而大之，用於「尋釁」然後「挑釁」，形容藉端生事或者無端生事，企圖引起衝突或戰爭，「挑釁」因而成為一個貶義詞。

「故態復萌」原來指的是「狂奴故態」

成語「故態復萌」如今多用作貶義詞，形容老毛病又犯了。「故態」指老脾氣，舊日或平素的舉止神態。

《後漢書．逸民列傳》載，光武帝劉秀過去的同學嚴光名氣很大，劉秀即位之後，嚴光「乃變名姓，隱身不見」，劉秀派人到處尋訪，找到後「遣使聘之，三反而後至，舍於北軍，給床褥，太官朝夕進膳」。

大司徒侯霸字君房，也是嚴光的老朋友，派人去對嚴光說：「公聞先生至，區區欲即詣造，迫於典司，是以不獲。願因日暮，自屈語言。」意思是說自己本該前去拜訪您，但是公務繁忙，能否請先生在天黑的時候，受一下委屈，親自移步到我的府上說話。

嚴光的架子很大：「光不答，乃投劄與之，口授曰：『君房足下：位至鼎足，甚善。懷仁輔義天下悅，阿諛順旨要領絕。』」嚴光僅僅用一封口授的信劄答覆了侯霸，而且話說得很不客氣：你已位至三公之一的司徒，很好。如果懷仁輔義，天下人都會稱讚你；如果阿諛奉承，就要將你斬首。

「霸得書，封奏之。帝笑曰：『狂奴故態也。』」劉秀將嚴光稱為「狂奴」，非但不是蔑稱，簡直就是昵稱；又將嚴光的舉動稱作「狂奴故態」，可見深知嚴光狂放不羈的老脾氣。

帝王之尊的劉秀當天就親自前去拜訪嚴光：「光臥不起，帝即其臥所，撫光腹曰：『咄咄子陵，不可相助為理邪？』光又眠不應，良久，乃張目熟視，曰：『昔唐堯著德，巢父洗耳。士故有志，何至相迫乎！』帝曰：『子陵，我竟不能下汝邪？』於是升輿嘆息而去。」

嚴光字子陵。然後劉秀將嚴光請到宮中，連續幾日向他請教，晚上二人同榻而眠：「光以足加帝腹上。明日，太史奏客星犯御坐甚急，帝笑曰：『朕故人嚴子陵共臥耳。』」

嚴光終於沒有答應劉秀的盛情相邀，隱居於富春山，直至終老。後人從嚴光「狂奴故態」的故事中總結出「故態復萌」這個成語，可惜卻從讚美嚴光「威武不能屈」的褒義詞變成了形容壞習氣的貶義詞。

「狡猾」原來是一項罪名

「狡猾」是什麼意思不用再解釋了，人人都明白。「狡猾」還有一個同義詞「狡獪」，一併在本文中詳加解釋。

「狡」的本義是小狗，《說文解字》：「狡，少狗也……匈奴地有狡犬，巨口而黑身。」不過，《山海經．西山經》中有不同的說法：「有獸焉，其狀如犬而豹文，其角如牛，其名曰狡，其音如吠犬，見則其國大穰。」「穰（ㄖㄤˊ）」指豐收，據此則「狡」乃瑞獸。

「獪」的本義就是今天說的狡猾，不過「獪」含有詭計多端但是又容易敗露的意思。

「猾」的本義是亂，比如「蠻夷猾夏」，蠻夷擾亂中原。揚雄《方言》說：「凡小兒多詐而獪……或謂之猾。」明人張自烈《正字通》記載了一種海獸的名字叫「猾」：「海獸名猾，無骨，入虎口，虎不能噬，處虎腹中，自內齧之。」

《荀子．非十二子》在羅列了一系列應該做到的道德準則之後議論道：「如是，而不服者，則可謂妖怪狡猾之人矣，雖則子弟之中，刑及之而宜。」可見「狡猾」之罪已進入法律範疇。漢代屢屢出現「狡猾不道」的律令用語，指一項罪名。

那麼，什麼是「狡猾」罪？學者賈麗英在《「狡猾」罪論》一文中總結說：「『狡猾』之罪為漢代罪名，是指惑主亂政，營私舞弊，或為脫己之罪而誣告他人等具有『詭詐性』的犯罪行為。同時，由於『狡猾』定罪的模糊性，至三國時期，隨著刑法立法技術的進步，此罪被更加具體而量化的條文所替代。至此，『狡猾』之罪從刑法典中消失了。」

罪名模糊、不易操作的特點恰恰符合「狡猾」這個俗語的語義：狡猾的傢伙雖然看起來很壞，可是又滑得像條泥鰍，抓不住他的罪名。

「狡」既然指小狗，那麼「狡獪」順理成章地就跟小兒有關。「狡獪」最早是指小兒遊戲，北宋大型類書《太平廣記》卷三百六十引曹丕《列異傳》：「北地傳尚書小女，嘗拆荻作鼠，以狡獪，放地，荻鼠忽能行，徑入戶限土中。又拆荻更作，咒之云：『汝若為家怪者，當更行，不者不動。』放地，便復行如前，即掘限內覓，入地數尺，了無所見。後諸女相繼喪亡。」「荻」是蘆葦。這種用蘆葦編成的小老鼠居然能跑動，傳尚書的小女兒真是心靈手巧。

《南史．齊廢帝郁林王本紀》載：「與群小共作諸鄙褻擲塗賭跳、放鷹走狗雜狡獪。」顯然，這裡的「狡獪」也是指遊戲。

陸游曾經寫過一首〈示子遹〉的詩，其中有「詩為六藝一，豈用資狡獪」之語，自注道：「晉人謂戲為狡獪，今閩語尚爾。」從這些早期含義中，「狡猾」和「狡獪」才慢慢引申出今天的語義，即詭詐多端，成了不折不扣的貶義詞。

「甚囂塵上」原來是形容戰場的喧鬧

「甚囂塵上」這個成語在今天的意思是：比喻對某人某事議論紛紛，多用作貶義，比喻錯誤的言論十分囂張。

但是，這個成語最早卻沒有絲毫的貶義，而是客觀場景的再現：喧嘩紛亂得很厲害，而且塵土也飛揚起來了。此語出自《左傳·成公十六年》記載的晉、楚兩國著名的「鄢陵之戰」。

西元前五七五年，楚國和晉國在今河南鄢陵對峙。六月二十九日是月末的最後一天，即晦日，這一天向來為兵家所忌，不宜出兵，楚國卻反其道而行之，決定趁著大霧為掩護，突發奇兵，以求速戰速決。

這天一大早，楚軍大兵壓境，晉軍此時還在等待援軍，加上營壘前面有沼澤，無法出營列陣，非常不利，軍心惶惶。

針對這種情況，晉軍主帥欒書主張固守待援：「楚師輕窕，固壘而待之，三日必退。退而擊之，必獲勝焉。」另一統帥郤至卻說：「楚國有六項弱點可以利用：第一，兩個統帥不合；第二，楚共王的親兵都是貴族子弟；第三，楚國的盟軍鄭國軍隊雖然列陣但卻陣容不整；第四，楚國帶來的南方的蠻軍不懂得怎樣列陣；第五，晦日不宜出兵；第六，列陣中的士卒喧嘩吵鬧，一旦交戰會更加喧嘩吵鬧。我們一定能夠戰勝他們。」

楚共王帶著晉國的叛臣伯州犁登上巢車（用來瞭望敵軍的戰車），觀察晉軍的動向。楚共王問：「他們駕著戰車來回奔跑，這是在幹什麼呀？」伯州犁回答道：「召集軍吏。」楚共王又說：「他們都聚集到中軍了！」伯州犁回答道：「在合謀。」楚共王又說：「搭起帳幕了！」伯州犁回答道：「在向晉國的先君占卜吉凶。」楚共王又說：「撤去帳幕了！」伯州犁回答道：「快要發布軍令了。」

楚共王又說：「甚囂，且塵上矣！」一片喧囂，連塵土都飛揚起來了！伯州犁回答道：「這是正準備把井填上，把灶鏟平，然後要列陣了。」楚共王又說：「都乘上了戰車，左右兩邊的人又都拿著武器下車了！」伯州犁回答道：「這是去聽誓師令。」楚共王問：「要開戰了嗎？」伯州犁回答道：「還不知道。」楚共王又說：「哎呀奇怪！他們又都乘上了戰車，左右兩邊的人又都下來了！」伯州犁回答道：「這是戰前的祈禱。」

另外一方，晉厲公也在楚國舊臣苗賁皇的陪伴下，登高臺觀察楚軍的陣勢。苗賁皇熟悉楚軍內情，向晉厲公建議先以精銳部隊分擊楚軍的左右軍，得手後，再合軍集中攻擊楚軍中軍。

晉厲公採納了苗賁皇的建議，改變了原有陣型，楚共王看到的晉軍乘上戰車又下來就是晉軍在改變陣型，可是伯州犁並沒有判斷出晉軍的意圖，結果雙方一交戰，楚軍大敗，楚共王的眼睛都被射中了。

當天夜裡，楚軍「宵遁」，連夜退兵，「鄢陵之戰」以晉軍大獲全勝而告終，「甚囂塵上」這個成語就此流傳了下來。

「甚」是很的意思，「囂」表示喧嘩，「塵上」形容塵土飛揚。這個成語形象地描繪了戰場上的喧鬧和混亂。但是隨著時間的推移，含義逐漸擴展，最終由中性詞變成了比喻意義上的貶義詞，比喻錯誤的言論十分囂張。

「省油燈」竟然是真的燈

民間口頭語中常常說某某人「不是省油的燈」，這句口頭語兼備褒、貶兩方面的含義：褒者，形容其精明幹練，腦子不簡單；貶者，形容其老謀深算，陰險狡詐。不過更常使用的還是貶義的一方面。這句口頭語的語源顯然從「省油燈」而來，那麼，到底有沒有「省油燈」？「不是省油的燈」作為貶義的詈詞，又含有怎樣惡毒的詛咒？

「省油燈」一語出自南宋詩人陸游《老學庵筆記》：「宋文安公集中有〈省油燈盞〉詩，今漢嘉有之，蓋夾燈盞也。一端作小竅，注清冷水於其中，每夕一易之。尋常盞為火所灼而燥，故速乾，此獨不然，其省油幾半。邵公濟牧漢嘉時，數以遺中朝士大夫。」

宋文安公指宋初大臣宋白，漢嘉指蜀地的嘉州，宋白曾於此地為官，因此對這裡的特產「省油燈」念念不忘，作有〈省油燈盞〉一詩，可惜詩已不傳。陸游所說的「夾燈盞」，其實就是指兩層的燈盞，上面一層是油池，下面一層是儲水的盤子，一端有小孔，可以注入冷水，起降溫作用。

現代考古也驗證了陸游的記載，四川的邛崍和涪陵等地出土了大量的「省油燈」，年代最早可上溯到晚唐，而且「省油燈」的形制跟陸游的描述一模一樣。「省油燈」在當時可謂稀罕物，因此邵博（字公濟）在漢嘉做官時，居然以此作為禮物，贈送給朝中的大臣們。

後來，陸游又在《齋居紀事》中寫道：「照書燭必令粗而短，勿過一尺。粗則耐，短則近。書燈勿用銅盞，惟瓷盞最省油。蜀有夾瓷盞，注水於盞脣竅中，可省油之半。」可見愛讀書的陸游對蜀地「省油燈」的心儀。

既有蜀地的「省油燈」，那麼蜀地以外的燈皆為「不省油的燈」。這個稱謂以其形象性和朗朗上口的特點，進入民間俗語是遲早的事，不過何時進入民間俗語已不可考，但極有可能源自於蜀人對其他地區的人的蔑稱，而且這種蔑稱近似於一種詛咒。俗話說「油盡燈枯」，一盞「不省油的燈」，最後的結果就是油耗盡了，燈也滅了；比附於人，則形容人的氣血耗盡，一命嗚呼。如此形象而又惡毒的詛咒，一直傳至今日，理固宜然。

「紅口白牙」為何比喻說瞎話

由嘴和牙（舌）組成的民間俗語數量極多，比如：紅口白牙，紅口白舌，赤口白舌，紅嘴白牙，空口白牙，赤口毒舌等等。還有包括脣、齒系列在內的成語或日常俗語，深刻地反映了言語活動在人們日常生活中的重要作用。

南宋吳自牧《夢粱錄》載：「（五月）杭都風俗，自初一日至端午日……以艾與百草縛成天師，懸於門額上，或懸虎頭、白澤，或士宦等家以生朱於午時書『五月五日天中節，赤口白舌盡消滅』之句。此日采百草或修製藥品，以為辟瘟疾等用，藏之果有靈驗。」

端午節又稱「天中節」。古人認為五月是毒月，端午後天氣轉熱，而端午這一天是陽氣最盛的一天，所以要蓄藥以辟除毒氣。自古以來，端午節的風俗極多，吳自牧所記乃是杭州城的習俗。「白澤」是傳說中的神獸，和虎頭一起懸掛。「赤口」本來指善於進讒言詆毀別人的小人之口，比如陸游有詩「赤口能燒萬里城」，後來就把主口舌爭訟的惡神稱作「赤口」或「赤口白舌」。隨宋室南渡的詩人儲泳在《祛疑說》中載：「赤口，小煞耳。人或忤之，率多鬥訟。」與吳自牧同時期的周密所著《武林舊事》也有類似的記載：「（端午）又以青羅作赤口白舌帖子，與艾人並懸門楣，以為禳禬。」「青羅」指青色的絲織品，「艾人」是用艾草紮成的草人，「禳禬（ㄖㄤˊ ㄍㄨㄟˋ）」指為消災除病而舉行的祭祀。

端午節祈禱「赤口白舌盡消滅」，不僅意味著將此惡神阻擋在外，同時也意味著祈禱家人不要互相爭吵，避免惡毒的言語之爭。「赤口白舌」即是嘴、牙系列俗語的最初形態，既為端午節的風俗所專用，因此又轉化為以上所列舉的其他各種形態。但不管怎麼轉化，嘴（口）仍然用「赤」或「紅」來形容，舌（牙）仍然用「白」來形容，亦為真實寫照。即使是直到今天還在廣泛使用的「空口白牙」一詞，「空口」仍然由「赤口」轉化而來，因為「赤」本來就有空、盡的意思。

如同「赤口白舌」一樣，這一系列轉化而來的俗語都是貶義詞，核心的貶義成分即說瞎話，胡言亂語。比如《紅樓夢》第九十八回〈苦絳珠魂歸離恨天 病神瑛淚灑相思地〉：「寶釵道：『果真死了，豈有紅口白舌咒人死的呢！』」直到今天，本為中性的嘴、牙衍生出來的這一系列日常俗語還是這樣的用法，核心的貶義成分從來沒有改變過。

「面首」為何指男寵

「面首」的本義即其字面意思：面部和頭臉，引申為容顏、面貌，比如「面首端正」指容貌端莊。

到了南北朝時期，「面首」一詞開始密集出現。奇特的是，這時候的「面首」一詞兼作褒貶之用。《宋書．臧質傳》載，劉宋王朝的大將臧質率兵討伐山蠻，打了一場大勝仗，非但沒有升官，反而被免了官，原因是他「納面首、生口」，沒有送到朝廷有關部門統一調配。這裡的「面首」指年輕力壯的健美男子，「生口」指俘虜。「面首」一詞此為褒義。《南齊書．茹法亮傳》載，宋孝武帝有一次出去打獵，「選白衣左右百八十人，皆面首富室」，這裡的「面首」也是指健美的男子。

《宋書．前廢帝紀》載，還是劉宋王朝，後來被廢的皇帝劉子業的姊姊山陰公主是位有名的淫婦，有一次她對弟弟發脾氣，說：「我跟陛下您雖然性別不同，但都是先帝的骨肉，可是如今陛下您有數萬後宮，我卻只有一位駙馬，太不公平了！」

劉子業哪裡能夠讓姊姊受委屈，於是「帝乃為主置面首左右三十人」。請注意，這裡的全稱是「面首左右」。這句話經常被人斷句為：「帝乃為主置面首，左右三十人。」語言學家呂叔湘先生早就指出這樣斷句是錯誤的，因為「面首左右」類似於一種職稱，「以『某某左右』為侍從的職名，創於江南，延及北朝」。皇帝賞賜給姊姊的男寵當然要由朝廷供養，也要有一定的官銜或者職稱，故稱「面首左右」，後來才省略作「面首」。這是「面首」一詞第一次用來指男寵，跟臧質事件中的含義剛好相反。

胡三省在為《資治通鑒》所作的注中，如此解釋「面首」的稱謂：「面，取其貌美；首，取其髮美。」從山陰公主之後，「面首左右」這個高級職稱簡化成了「面首」，成為所有男寵的代稱，由對相貌的客觀描述，徹底淪為貶義的稱謂。

「飛揚跋扈」原來是形容鳥和魚的情態

杜甫在〈贈李白〉一詩中寫道：「痛飲狂歌空度日，飛揚跋扈為誰雄。」這是描寫李白越出常規，不受任何拘束的情態。不過，後來「飛揚跋扈」定型為形容驕橫放肆、恃強暴戾的成語。

「跋扈」這個詞的語源非常有意思。「跋」的本義是踏草而行或翻山越嶺，「扈」則是用來形容山，《爾雅．釋山》中解釋說：「山大而高，崧；山小而高，岑；銳而高，嶠；卑而大，扈；小而眾，巋。」大而高的山稱「崧」（通「嵩」），小而高的山稱「岑」，高而尖的山稱「嶠」，低而大的山稱「扈」，叢列的小山稱「巋」。

明人張存紳《雅俗稽言》由此解釋說：「跋扈者，言強梁之人，行不由正路，山卑而大，且欲跋而踰之也。」這是從字面意義上來理解的，「跋扈」是指強盜作案，當然不敢走正路，於是就翻過低低的山，去山那邊打家劫舍。

還有一種說法出自唐代學者顏師古。清代外方山人所輯《談徵》一書中引述了顏師古的這一解釋：「跋扈，猶言強梁也。顏師古曰：扈，竹籬也。水居者於水未至先作竹籬，候魚之入，水退，小魚獨留，大魚跳跋扈籬而出，故言跋扈也。」

也就是說，「扈」是竹籬笆，在海邊居住的百姓預先紮好竹籬笆，等漲潮的時候張開，河水把魚都帶進來了，潮水退了之後，魚自然就被擋在了竹籬笆裡面。小魚掙扎一番，徒勞無功，只好束手就擒；可是那些大魚就不一樣了，總是能夠奮力從竹籬笆上面跳過去，此之謂「大魚跳跋扈籬而出」，故稱「跋扈」。

顯然，這是東南沿海一帶的漁業景象。魏晉南北朝時期，這種在海中捕魚的方法已經廣泛應用了，被當地漁民稱作「扈業」或「雲扈」。唐代徐堅編撰的大型類書《初學記・州郡部》引述南朝學者顧野王《輿地志》中的記載：「扈業者，濱海漁捕之名。插竹列於海中，以繩編之，向岸張兩翼。潮上即沒，潮落即出。魚隨潮礙竹不得去，名之雲扈。」

這種竹編的籬笆也稱「斷（ㄉㄨㄢˋ）」或「滬」。清人阮文藻〈觀毒魚〉一詩中有「小魚戢（ㄐㄧˊ）波面浮，大魚跋扈高一丈」之句，就是這種捕魚法的生動寫照。

不管是強盜還是大魚，依靠的都是強力，因此就用「跋扈」一詞來比喻那些恃強之輩。

東漢末年的外戚、權臣梁冀專擅朝政，肆意妄為。《後漢書・梁冀傳》載：漢順帝、漢沖帝相繼死後，梁冀立年僅八歲的劉纘（ㄗㄨㄢˇ）為質帝。質帝雖然年幼，但是很聰明，早就看到了梁冀的驕橫之態，有一天上朝的時候，質帝看著梁冀，對群臣說：「此跋扈將軍也。」梁冀心中大怒，當天就派人進獻摻進毒藥的湯餅，毒死了質帝。

梁冀實在太兇惡了，因此後人也用「跋扈將軍」這個稱呼戲稱暴風。北宋陶穀《清異錄》有「跋扈將軍」一條：「隋煬帝泛舟，忽陰風頗緊，嘆曰：『此風可謂跋扈將軍。』」

「飛揚跋扈」連用始於南北朝亂世。《北史・齊高祖本紀》載：東魏丞相高歡的手下有一名大將叫侯景，擁兵十萬，專制河南，高歡早已洞悉侯景的野心，對兒子說：「景專制河南十四年矣，常有飛揚跋扈志。」果然，高歡一死，侯景就投降了梁武帝。

「飛揚」是形容鷙鳥飛揚，「跋扈」是形容大魚跋扈，自此之後就開始連用，由形容鷙鳥和大魚的情態的中性詞，變成比喻人恃強暴虐的貶義詞。

「狼狽為奸」的「狼狽」不是兩種動物

「狼狽為奸」這個成語通常的解釋是：狼和狽是兩種野獸，狽的前腿極短，趴在狼的身上才能夠行走，狼和狽常常勾結在一起捕捉牲畜，因此用來比喻互相勾結幹壞事。

這一釋義出自唐代博物學家段成式《酉陽雜俎》，在該書的〈廣動植之一〉篇中，段成式寫道：「或言狼、狽是兩物，狽前足絕短，每行常駕於狼腿上，狽失狼則不能動，故世言事乖者稱狼狽。」北宋韻書《集韻》中說：「狽，獸名，狼屬也。生子或欠一足二足者，相附而行，離則顛，故猝遽謂之狼狽。」李時珍在《本草綱目》中也寫道：「狽足前短，知食所在；野狼足後短，負之而行，故曰野狼狽。」據此則狼、狽是兩種野獸。

狼和狽真的是兩種野獸嗎？《昭明文選》收錄有西晉潘岳〈西征賦〉，其中吟詠道：「亦狼狽而可濬。」李善注引南朝阮孝緒《文字集略》曰：「狼狽，猶狼跋也。」這是一筆很重要的記載。

《詩經．國風》中有〈狼跋〉一詩，篇幅很短，全文照錄：「狼跋其胡，載疐其尾。公孫碩膚，赤舄几几。狼疐其尾，載跋其胡。公孫碩膚，德音不瑕。」

胡，頸下的垂肉；疐（ㄓˋ），絆倒；公孫，諸侯之孫；碩膚，心廣體胖的樣子；舄（ㄒㄧˋ），重木底的鞋子；德音，好名聲。這首詩栩栩如生地描述了老狼行走時的窘態：前行時踩到了頸下的垂肉，後退時又被尾巴絆倒了。這種窘態被濃縮成一個成語「跋胡疐尾」，形容進退兩難的樣子。

原來狼和狽並非兩種不同的野獸，「狼狽」只不過是「狼跋」的一音之轉而已，而且最初是比喻進退兩難，艱難窘迫，後人已經不解「狼跋」的本義，不僅將「狼跋」訛為兩種野獸的「狼狽」，又畫蛇添足地添加了「為奸」二字，遂定型為「狼狽為奸」這個互相勾結幹壞事的貶義色彩極為濃厚的成語。可憐的並不存在的「狽」，就這樣被釘在了歷史的恥辱柱上。

「郢書燕說」原來是一場有趣的誤會

成語「郢書燕說」今天只使用於書面語，各種辭典都把它定性為一個貶義詞，比喻寫文章或說話時穿鑿附會，扭曲原意，但其實這個成語來源於一個非常有趣的故事。

「郢書燕說」出自戰國末期《韓非子．外儲說左上》：「郢人有遺燕相國書者，夜書，火不明，因謂持燭者曰『舉燭』，而誤書『舉燭』。舉燭非書意也，燕相國受書而說之，曰：『舉燭者，尚明也；尚明也者，舉賢而任之。』燕相白王，王大說，國以治。」

「郢（ㄧㄥˇ）」是楚國的都城，在今湖北省江陵縣附近，這裡的「郢」借指楚人；「燕」指今河北一帶的燕國；「說」通「悅」，因此，「郢書燕說」按照今天能夠理解的寫法，應該寫作「郢書燕悅」。

一位郢人給燕國的相國寫信，白天不寫，偏偏要在晚上寫，燭火不夠亮，於是對侍者說「舉燭」，說著說著竟然寫進了信裡。燕國的相國接到信後很高興，自己解讀道：「舉燭者，尚明也；尚明者，要薦舉賢士而加以任用。」燕相將這個道理告知了燕王，燕王大悅，按照「舉燭」的解讀治理國家，燕國因而大治。

這個故事以及故事中所蘊含的道理都很簡單，韓非之所以講述這麼一個簡單的道理，只不過是為了得出自己的結論：「治則治矣，非書意也。今世學者，多似此類。」燕國大治則大治了，但並非郢人書信的原意。原來韓非是想借這個故事諷刺「今世學者，多似此類」的穿鑿附會，扭曲原意。雖然是諷刺，但可謂溫和，因為韓非本來把「郢書燕說」當作貶義詞來使用，不過「郢書燕說」的過程卻屬歪打正著，反而起了好的作用。

清代學者紀曉嵐《閱微草堂筆記．灤陽消夏錄》則含含糊糊地為這個成語正了名：「百工技藝，各祠一神為祖：倡族祀管仲，以女閭三百也；伶人祀唐玄宗，以梨園子弟也。此皆最典。胥吏祀蕭何、曹參，木工祀魯班，此猶有義。至靴工祀孫臏，鐵工祀老君之類，則荒誕不可詰矣。長隨所祀曰鍾三郎，閉門夜奠，諱之甚深，竟不知為何神。曲阜顏介子曰：『必中山狼之轉音也。』先姚安公曰：『是不必然，亦不必不然。郢書燕說，固未為無益。』」

三百六十行，都有自己祭祀的祖師爺。紀曉嵐舉例說：娼妓界祭祀春秋時期齊國政治家管仲，《戰國策．東周策》載：「齊桓公宮中七市，女閭七百。」「閭（ㄌㄩˊ）」指里巷的大門，「女閭」即指妓女所居之處。管仲為了解決軍人的生理問題，同時收稅以增加軍費，在宮中設立了「七市」，共容納七百名妓女，因此娼妓界將他奉為本行業的祖師爺和保護神加以祭祀。

演藝界則祭祀唐玄宗，《新唐書．禮樂志》載：「玄宗既知音律，又酷愛法曲，選坐部伎子弟三百教於梨園，聲有誤者，帝必覺而正之，號『皇帝梨園弟子』。宮女數百，亦為梨園弟子，居宜春北院。」

紀曉嵐評論說，這兩個行業的祭祀「最典」，有典有據，最為允當。至於掌管案卷、文書的胥吏祭祀漢代名臣蕭何和曹參，木工祭祀魯班，也還屬題中應有之義，最荒誕的是做靴子的工人祭祀因受刑而不能直立行走的孫臏，鐵匠祭祀煉丹的太上老君，完全經不起推敲。

紀曉嵐感到最奇怪的是「長隨所祀曰鍾三郎」，「長隨」指官員身邊跟班的隨從、僕役，他們祭祀的是一位誰也不知道的「鍾三郎」，而且深夜閉門祭祀，鬼鬼祟祟，諱莫如深。按照山東曲阜的學者顏介子的說法，「鍾三郎」乃是「中山狼」的諧音，這些跟班今天跟從這個官員，該官員下臺之後再跟從下一任官員，如此循環，跟忘恩負義的中山狼簡直是一個模子刻出來的，但又不能直說自己比之於「中山狼」，因此才祭祀諧音的「鍾三郎」。

紀曉嵐的父親、曾經的雲南姚安知府紀容舒就此評論道：「是不必然，亦不必不然。郢書燕說，固未為無益。」這「鍾三郎」不一定就是指中山狼，也不一定就不是指中山狼。郢書燕說，扭曲原意，也不一定就沒有好處。

大學者的父親果然高明！「郢書燕說，固未為無益」，恰恰還原了郢人和燕相這場誤會所造成的良好效果，「郢書燕說」於是就成了一個含含糊糊、模棱兩可的貶義詞。

「鬼見愁」原來是一味中藥

人們的口頭語中常常使用「鬼見愁」這句俗語，用來形容人或物某一方面之厲害，以至於連鬼見了都要發愁，比如有些山的頂峰就被稱作「鬼見愁」。不過，「鬼見愁」原來是一種樹木的果實，可做中藥，也是佛教的重要道具。

「鬼見愁」其實是無患子的俗稱，無患子是無患木的果實。無患木為什麼稱「無患」呢？又為什麼和鬼有關係呢？西晉崔豹《古今注》中說：「拾櫨木一名無患者，昔有神巫，名曰寶眊（ㄇㄠˋ），能符劾百鬼，得鬼則以此為棒殺之。世人相傳以此木為眾鬼所畏，競取為器用，以卻厭邪鬼，故號曰無患也。」原來，用拾櫨木製成棍棒可以殺鬼。

唐代博物學家段成式《酉陽雜俎續集》也記載了這種神奇的樹木：「無患木，燒之極香，辟惡氣，一名噤婁，一名桓。昔有神巫曰瑤眊，能符劾百鬼，擒魑魅，以無患木擊殺之。世人競取此木為器用卻鬼，因曰無患木。」

無患木的果實無患子「黑如漆珠」，非常堅硬，除了入藥之外，據宋代藥物學家寇宗奭（ㄕˋ）《本草衍義》載：「今釋子取以為念珠，出佛經。惟取紫紅色，小者佳。」寇宗奭所說的「出佛經」指《佛說木患子經》，其中說：「若欲滅煩惱障報障者，當貫木患子一百八，以常自隨。」

在李時珍之前，民間已經俗稱無患子為「鬼見愁」，佛教用作念珠正取此意。李時珍在《本草綱目》中說：「俗名為鬼見愁，道家禳（ㄖㄤˊ）解方中用之，緣此義也。釋家取為數珠，故謂之菩提子。」道、佛兩家都使用無患子，用意是一樣的。

明清間思想家王夫之甚至作有一首〈鬼見愁贊〉，序曰：「亦草木之實，生武當山谷。或采令童子佩之，云辟鬼魅。狀類粵西所產豬腰子，而圓小精潤，茶褐色，有深黑文緣其間。」其詞曰：「鬼愁不愁，人亦不知。如彼明王，守在四夷。爾不我佩，鬼愁何有。使爾今存，人胥疾首。」

「鬼見愁」一詞進入人們的口頭語，正是由無患子的這種功能而來。但既然能辟邪、除煩惱，自然也能令人煩惱，「鬼見愁」因此也用來比喻那些兇惡殘暴的人和令人感到極度恐懼的事物，變成了一個貶義詞。

「鬼畫符」原來是辟邪的符籙

「鬼畫符」有兩個義項，一是字跡潦草，難以辨認，二是指哄騙人的東西或伎倆。

「鬼畫符」這一俗語的來歷有兩種說法。一種說法是「符」指符籙。符籙是道教的一種法術，符和籙合稱為符籙。「符」指書寫於黃紙或者黃色布帛上的符號或圖形，這些符號或圖形似字非字，似圖非圖，筆畫曲裡拐彎，常人根本辨認不出來是什麼東西；「籙」指記錄於諸符間的天神名諱的祕文。符籙的作用是用來除妖降魔，醫治百病。

《後漢書．方術列傳》記載了一位叫費長房的人，看見一個賣藥的老翁，杖頭上懸掛著一隻壺，生意做完了就往壺中一跳，登時無影無蹤。費長房遂要求老翁傳授法術，老翁給他畫了一張符，從此之後，費長房不僅可以醫治百病，而且還能驅使百鬼。後來這張符丟了，費長房因此被眾鬼所殺。這種符籙常人看不懂，它又跟鬼有關，故稱「鬼畫符」。

第二種說法出自明人瞿祐《四時宜忌》，該書〈正月事宜〉引《山海經》佚文：「畫桃符以厭鬼。」在桃符上畫一些難以辨認的文字或圖形用來壓制百鬼。古人認為桃木可以驅鬼，因此寫在桃木板上的文字或者畫在桃木板上的圖形就叫「桃符」。因為是用來「厭鬼」的，人當然看不懂，所以這種桃符就叫「鬼畫桃符」，簡稱「鬼畫符」。同樣因為人看不懂，因此就把難以辨認的潦草字跡稱作「鬼畫符」。金人元好問〈論詩絕句〉吟詠道：「真書不入今人眼，兒輩從教鬼畫符。」就是指兒輩們的書法作品就像「鬼畫符」。

字跡潦草難以辨認，當然就可以拿來騙人，因此「鬼畫符」引申指哄騙人的東西或伎倆，遂由可以辟邪的符籙專用語變成了貶義詞。

「偏袒」為何要袒露胳膊

處理事情不公正，偏向一方稱作「偏袒」。「袒」指袒露身體的一部分。既然「偏」必定會有方向的不同，古時規定參加禮事的時候都要左袒，袒露出左臂；請罪或者受刑的時候都要右袒，袒露出右臂。不管「左袒」還是「右袒」，這時候還都沒有偏護一方、不公正的含義。

劉邦手下有一員大將叫周勃，極得信任，駕崩前，劉邦留下一句預言：「安劉氏者，必勃也！」果然，劉邦死後，呂后專權，大肆任用呂姓的子侄輩擔當朝廷重臣，朝政大權都把持在諸呂手中。

呂太后死後，諸呂擔心遭到擁護劉氏的大臣們清算，醞釀作亂，奪取劉氏的天下。以丞相陳平和太尉周勃為首的大臣屬保皇派，先下手為強，搶先進入守衛京師的北軍。《史記・呂太后本紀》記錄了周勃的軍令：「為呂氏右袒，為劉氏左袒。」支持呂氏的袒露右臂，支持劉氏的袒露左臂。結果，「軍中皆左袒為劉氏」，周勃率領這支軍隊誅殺諸呂，安定了劉氏的天下。

「袒」是古代禮儀制度中的一個環節。凡禮事皆左袒，禮事包括祭祀、喪葬等吉、凶之事；凡受刑皆右袒。周勃「為呂氏右袒」的軍令，顯然包含著誅殺呂氏、呂氏的支持者也將受刑的威脅。

從這個歷史事件中，後人引申出「偏袒」一詞，但最初的「偏袒」並沒有貶義，僅僅形容袒露一邊的胳膊，後來左袒、右袒的方位感漸漸消失，「偏袒」才變成了一個貶義詞，類似於「拉偏架」之意。

袒露右臂代表擁護呂氏，因此「右袒」或者「袒右」還用來比喻倒向不義者一邊，是對舊勢力的擁護。有趣的是，佛教徒穿袈裟的時候也要「偏袒」，不過卻是「右袒」，露出右臂和右肩，以表示恭敬，並便於執持法器。這一禮俗來自天竺，跟中土的「右袒」含貶義剛好相反。

「唯唯諾諾」原來是應答的聲音

「唯唯諾諾」這個成語，各種辭典的解釋都是：順從而無所違逆。與「俯首帖耳」、「唯命是從」、「唯命是聽」等成語詞義相近。但是各種辭典都沒有解釋其語源。原來，這個成語所反映出來的，是古代男子對尊長呼召而應答的兩種聲音，即「唯」和「諾」。

《禮記．曲禮上》有這樣的規定：「父召無諾，先生召無諾，唯而起。」意思是說：父親召喚的時候，不可用「諾」來應答；先生召喚的時候，也不可用「諾」來應答。父親和先生召喚的時候，都應該用「唯」來應答，同時要站起身來。《禮記．玉藻》同樣規定：「父命呼，唯而不諾。」

「唯」和「諾」到底有什麼區別呢？鄭玄注解說：「唯」和「諾」都是應詞，應答之詞，但「唯恭於諾」。孔穎達進一步解釋說：「古之稱唯，則其意急也。」用「唯」來應答，語氣短促，就像急著應答父親和先生的召喚一樣。因此張舜徽先生《說文解字約注》概括說：「此蓋少者幼者應對之禮，故古人重之。」

而「諾」呢，孔穎達注解說：「其稱諾，則似寬緩驕慢。」用「諾」來應答，語氣寬緩，因而顯得驕慢。張舜徽先生概括說：「蓋應答之聲，唯速而禮恭，諾緩而意慢。」事實也正是如此，「諾」一般用於尊對卑的場合，《戰國策．趙策》中的名篇〈觸龍說趙太后〉一文，觸龍向趙太后進言之後，趙太后回答道：「諾，恣君之所使之。」即為明證。

《禮記．曲禮上》還有這樣的規定：「毋踐屨，毋踖席，摳衣趨隅，必慎唯諾。」這是講的客人進入主人家的禮節。「屨（ㄐㄩˋ）」是用麻或葛製成的鞋子，「踖（ㄐㄧˊ）」是踐踏之意。古人進門必脫鞋，客人到主人家，進門前要先觀察一下別的客人脫下的鞋子，以免踩到；進入自己坐席的時候，不能直接跨過去就坐，而是應當提起下衣，從坐席的下角慢慢走向坐席，再往前坐下；坐下之後，不能先說話，要根據主人的問話謹慎地「唯諾」，也就是視具體情況而用「唯」或者用「諾」來應答。這一記載說明，「諾」也可以用於平輩之間。

這就是「唯」和「諾」作為應答之詞的區別：唯恭於諾。而「唯唯」、「諾諾」連用，可想而知乃是連聲應答之詞，更加顯得恭敬而順從。司馬相如的名篇〈子虛賦〉中，齊王讓子虛描述一下楚國大澤的見聞，子虛就用「唯唯」應答，這是臣子表示對國君的極度恭敬和順從。《史記．商君列傳》則有「千人之諾諾，不如一士之諤諤」的諺語，「諤諤」是形容直言無諱的樣子，針對的是千人連聲應答的情形。

連聲「唯唯」，連聲「諾諾」，極度謙恭而順從的樣子如在眼前；而連聲「唯唯諾諾」簡直謙卑到塵埃裡去，因此而成為一個貶義詞，形容自己沒有主意，一味附和，恭順聽從的樣子。

此外需要說明的是，「唯」和「諾」都是古代男子的應答之詞，女子的應答之詞則是「俞」。《禮記．內則》規定：「能言，男唯女俞。」小孩子會說話的時候，要教他們應答尊長的禮節之詞，男孩子用「唯」來應答，女孩子用「俞」來應答。

「強梁」原來是食鬼之神

「強梁」一詞，今天的書面語中還在使用，其義類同於「強盜」，但比「強盜」的語感更嚴重，用來稱呼那些殘暴、兇狠之人，或者用作形容詞，形容人之強橫、野蠻、兇殘。

老子《道德經》寫道：「強梁者不得其死，吾將以為教父。」明代學者焦竑為這句話作注：「木絕水曰梁，木負棟亦曰梁，取其力之強也，故曰強梁。」

《說文解字》：「梁，水橋也。」段玉裁《說文解字注》：「梁之字用木跨水，則今之橋也……見於經傳者，言梁不言橋。」張舜徽先生《說文解字約注》進一步解釋說：「凡高山溪谷中斷處，亦每架橋梁以通行人，故許君於此二篆下明釋之曰水梁、水橋，以求別於其他橋梁也。」以上釋義都沒有解釋清楚「橋」和「梁」的區別，王力先生在《王力古漢語字典》中的辨析最為明晰：「二字都有橋梁的意義，然而上古只用梁字。上古橋指井上汲水的用具桔槔，漢代以後才產生河上橋梁的意義。」

「梁」既為水上之橋，那麼焦竑所說的「木絕水曰梁，木負棟亦曰梁」就很容易理解了。不過，橋梁固須堅固，但「強梁」一詞什麼時候、又為什麼用到人身上，焦竑卻沒有給出進一步的解釋。

來看看《山海經．大荒北經》的一段記載：「大荒之中……有神銜蛇操蛇，其狀虎首人身，四蹄長肘，名曰彊良。」清代學者郝懿行說：「強梁即彊良，古字通也。」據此則「強梁」為神名。

「強梁」這尊神，《後漢書．禮儀志》有詳細的說明：「甲作食凶，胇胃食虎，雄伯食魅，騰簡食不祥，攬諸食咎，伯奇食夢，強梁、祖明共食磔死、寄生，委隨食觀，錯斷食巨，窮奇、騰根共食蠱。」

甲作可能是一尊披甲的神獸，食凶鬼；

胇胃，張衡《西京賦》作「狒蝟」，是一尊猿猴類的神獸，食虎；

雄伯是何神獸史籍無載，食魅，「魅」是所謂「老精物」，山林異氣所生的鬼；

騰簡是何神獸史籍也無載，食不祥之鬼；

攬諸是何神獸史籍也無載，食咎，災、病之鬼；

伯奇可能是一尊神鳥，食惡夢；

強梁如《山海經》所說乃是虎神，祖明是何神獸史籍也無載，「磔（ㄓㄜˊ）」指分裂肢體之刑，強梁和祖明共食磔死的鬼和寄生的鬼；

委隨可能是一尊蛇神，「觀」可能是一種梟類的凶鳥；

錯斷是何神獸史籍也無載，「巨」可能通「虡（ㄐㄩˋ）」，附著於鐘鼓之上的鬼怪；

窮奇大概是一尊狗神，《山海經．西山經》形容它叫聲像狗，騰根是何神獸史籍也無載，「蠱（ㄍㄨˇ）」是毒蟲。

這十二尊神獸是臘月舉行驅除瘟疫的「大儺」儀式時所使用的圖騰，此時還要讓十二神獸念叨咒語：「凡使十二神追惡凶，赫女（汝）軀，拉女（汝）幹，節解女（汝）肉，抽女（汝）肺腸。女（汝）不急去，後者為糧！」

由以上記載可知，「強梁」本為「食磔死、寄生」之鬼的虎神，古時的神獸都有善、惡兩方面的特徵，既能食鬼，又能為禍，於是順理成章地移用到殘暴之人的身上，變成了一個貶義詞。

「敗家子」原來由稗子轉喻而來

「敗家子」可不是傻子，幾乎所有的「敗家子」都很聰明，因此才會架鷹鬥狗，遊手好閒，不務正業，把祖宗傳下來的家底抖摟個淨光。

「敗家子」最早寫作「敗子」，《韓非子·顯學》有「嚴家無悍虜，而慈母有敗子」之語，意思是說：在管教嚴厲的家庭裡，不會出現強橫的奴僕，慈母反而會嬌慣出敗家子來。

「敗子」一詞的語義，清代學者梁紹壬在《兩般秋雨盦隨筆》中給出了兩種解釋：「今人呼不肖子曰敗子。或曰：『敗當作稗。稗所以害苗也。』《寶積經》說：『僧之無行者，譬如田中生稗子，其形不可分別也。』此說亦通。」

原來，「敗子」乃是「稗子」的轉喻。稗子長得很像稻子，雖然也可以食用，但是雜生稻田中，有害於稻子的生長。敗家之子跟稗子的這種習性非常相似，故稱「敗子」。

《寶積經》是《大寶積經》的簡稱，唐代菩提流志等譯，其中提到「稗沙門」的概念，解釋說：「譬如麥田中生稗麥，其形似麥不可分別，爾時田夫作如是念，謂此稗麥盡是好麥，後見毯生爾乃知非……如是稗沙門在於眾中，似是持戒有德行者，施主見時謂盡是沙門，而彼癡人實非沙門……猶如稗麥在好麥中。」

「稗沙門」因此用來比喻那些品行不端的僧人。

稗子是常見的田間雜草，除掉即可，一旦轉喻於人，為害甚烈的意味一下子就出來了。「敗子」、「敗家子」成為貶義的稱謂，即由此而來。

「笨蛋」原來並不笨

今天的「笨蛋」一詞是個語感非常重的日常用語，一個人被別人罵作「笨蛋」，一定會勃然大怒。在某種程度上，「笨蛋」等同於白癡，都是指智商極其低下的人。

不過在古代，稱呼一個人為「笨蛋」和智商卻毫無關係，「笨」這個字甚至還是一種造紙的原材料。

《說文解字》：「笨，竹裡也。」南唐學者徐鍇進一步解釋道：「笨，竹白也。」三國學者張揖《廣雅．釋草》則說：「竺，竹也，其表曰笢，其裡曰笨。」清代學者朱駿聲在《說文通訓定聲》中解釋說：「笨，謂中之白質者也。其白如紙，可手揭者謂之竹孚俞。」

綜合以上注釋，可知竹子外表的青皮稱「笢（ㄇㄧㄣˇ）」，「笨」則是竹子的裡層，殺去青皮後留下的一層白色薄膜，像紙一樣又薄又白，可作造紙的原材料。東漢蔡倫造紙，最早的原材料非常簡陋，計有樹皮、破漁網、破布、麻頭等，後來的人才使用「竹白」當作原材料。因為史書要在用「竹白」造的紙上書寫，因此後人就把史書稱為「竹白」。

「笨」的這一原始語義到了魏晉時期發生了巨大的改變。《晉書．羊曼傳》載，當時有四位大臣被稱為「四伯」：大鴻臚江泉因能食稱「穀伯」，豫章太守史疇因「大肥」稱「笨伯」，散騎郎張嶷因狡妄稱「猾伯」，羊聃（ㄉㄢ）因兇狠暴戾稱「瑣伯」。其中「大肥」指身體肥大，行動不靈巧，可見此時的「笨」已經轉義為笨重的意思，但「笨伯」只是一個客觀描述的中性詞，仍然沒有和智商高低聯繫在一起。

東晉時期，葛洪《抱朴子・行品》列舉了「悖人」、「逆人」、「凶人」、「惡人」等數十種惡人的種類，其中就有「杖淺短而多謬，暗趨舍之臧否者，笨人也」。意思是說：見識淺陋，謬誤百出，又不懂得善惡得失的人就是「笨人」。這種人當然是愚蠢的人。直到這時，「笨」才和智商掛鉤。

清人李鑒堂《俗語考原》說：「山東人謂粗魯人曰體漢，體與笨同。」「體」和身體之「體」字是兩個字，意思是「劣」，又指粗笨，比如「體夫」一詞指從事笨重體力勞動的壯漢。在常人眼中，笨漢當然智力低下，可見民間俗語已經把「笨」的意思定型，和「蛋」組合在一起，形成了「笨蛋」這個罵人的貶義詞。

「野合」原來指不合禮儀的婚姻

在今天人們的日常口語尤其是網路語言中，「野合」是一個極其粗俗的詞彙，意思是男女在野外交媾。但這個詞在古代卻隱含著非常豐富的婚姻方面的禮儀，而且也完全沒有今天這樣粗俗的含義。

「野合」一詞之所謂被誤解被粗俗化，是因為人們不瞭解「野」這個字的字義。「野」的本義當然是郊外、野外，但在「野合」一詞中，使用的卻是其引申義：不合禮儀的。因此，「野合」的意思即不合禮儀的婚姻。什麼樣的婚姻叫不合禮儀的婚姻？我們先來從孔子的身世說起。

《史記．孔子世家》載：「紇與顏氏女野合而生孔子。」孔子的父親叫叔梁紇，母親叫顏徵在。《孔子家語．本姓解》則記載得更加詳細：「紇雖有九女而無子。其妾生孟皮，孟皮一字伯尼，有足病。於是乃求婚於顏氏。顏氏有三女，其小曰徵在。顏父問三女曰：『陬大夫雖父祖為士，然其先聖王之裔。今其人身長十尺，武力絕倫，吾甚貪之。雖年長性嚴，不足為疑。三子孰能為之妻？』二女莫對。徵在進曰：『從父所制，將何問焉？』父曰：『即爾能矣。』遂以妻之。」

陬（ㄗㄡ），春秋時魯地，叔梁紇求婚時擔任陬大夫一職。這個故事明白如話，雖然並沒有出現「野合」一詞，但叔梁紇「年長」，而顏徵在乃顏氏最小女的記載，為《史記》中「野合」

一詞埋下了伏筆。

司馬貞《史記索隱》：「今此云『野合』者，蓋謂梁紇老而徵在少，非當壯室初笄之禮，故云野合，謂不合禮儀。」古人三十曰壯，該有妻室，故稱「壯室」；古代女子十五歲要舉行笄（ㄐㄧ）禮，「初笄」意為始加笄，女子剛剛成年。

張守節《史記正義》：「男八月生齒，八歲毀齒，二八十六陽道通，八八六十四陽道絕；女七月生齒，七歲毀齒，二七十四陰道通，七七四十九陰道絕。婚姻過此者，皆為野合。」司馬貞和張守節的意思是說，叔梁紇已經六十多歲，而顏徵在剛剛十五歲，不符合成婚的禮儀，故稱「野合」。

這種解釋古今聚訟紛紜，此不贅述。我們且來找一找旁證。玄奘在《大唐西域記》卷三中記載了烏仗那國王統的傳說。釋迦牟尼出自古印度釋迦族，故稱「釋種」。很久很久以前，因為戰亂，其中一位釋種逃出國都，經過一個大水池，池中龍女化身人形，釋種「遂款殷勤，凌逼野合」，龍女以未承父命拒絕。釋種遂用法力使龍女變為真人之身。龍女回去稟報父母之後，「於是龍宮之中，親迎備禮，燕爾樂會，肆極歡娛」。釋種和龍女在完成了「親迎備禮」的婚姻儀式之後成親。這個旁證證明：「野合」乃是沒有走完所有婚姻程序的婚姻形式。

就古代而言，締結婚姻必須走完納采、問名、納吉、納徵、請期、親迎這六種禮儀規定，而叔梁紇年事已高，急於生子，因此來不及履行這六種繁瑣的程序，於是就把二人不符合「六禮」的婚姻稱作「野合」。

《孔子家語．本姓解》又寫道：「徵在既往，廟見。以夫之年大，懼不時有男，而私禱尼丘之山以祈焉。」顏徵在嫁過去後，按規矩拜謁祖廟，因為擔心丈夫年齡大而不能及時生子，遂私下裡去尼丘山祈禱。由此也可見叔梁紇生子願望之迫切，根本來不及走完「六禮」程序。

清代學者毛奇齡《昏禮辨正》開篇就說：「幼時觀鄰人娶婦，婦至，不謁廟，不拜舅姑，牽婦入於房，合巹而就枕席焉。歸而疑之曰：此非野合乎？」毛奇齡所懷疑的「野合」正是指不合禮儀的婚姻。不過，叔梁紇和顏徵在的婚姻跟毛奇齡幼時看到的婚姻還不一樣，因為「徵在既往，廟見」，履行了拜謁祖廟的儀式，因此孔子父母之「野合」，正如上述，是不符合「六禮」這種禮儀的婚姻。今人早已完全不懂「六禮」之古婚禮儀程，望文生義，將「野」解為野外，將「合」解為交媾，「野合」遂變成一個極其粗俗的貶義詞。

「鹵莽」原來指鹽鹼地上的荒草

形容人做事粗率、冒失叫作「鹵莽」或「魯莽」，「鹵」和「魯」固然音同可以通假，但這兩個詞的詞源卻是不一樣的。

先說「莽」。《說文解字》：「莽，南昌謂犬善逐兔草中為莽。」段玉裁注解說：「此字犬在草中，故稱南昌方言說其會意之旨也。引申為鹵莽。」張舜徽先生在《說文解字約注》中進一步解釋說：「犬逐獸草中，奔突躁率，草為之亂。故今語稱人之言動粗率者曰莽撞，猶鹵莽也。」

這一解釋固然能夠講清楚「莽」之所以從犬從草的原因，但是卻無法講清楚為什麼「莽」能夠和「鹵」一起組詞。揚雄《方言》載：「草，南楚、江、湘之間謂之莽。」因此，「莽」的本義乃是指密生的荒草或草木深邃之處，之所以用犬來會意，不過是形容荒草又密又深，犬或其他野獸在其中奔突，不容易找到路而已。《左傳．哀公元年》有「暴骨如莽」的描述，杜預注解說：「草之生於廣野，莽莽然，故曰草莽。」士兵的屍骨來不及掩埋，暴露在野外，就像密密麻麻的荒草一樣。這才是「莽」的本義。

再說「鹵」，裡面的ㄨ形和四個黑點像鹽粒的形狀，外面是盛鹽的器具，因此「鹵」的本義就是產鹽之地。我們都知道，鹽鹼地上是長不出莊稼的，只能長荒草，鹽鹼地上的荒草就叫作

「鹵莽」。揚雄〈長楊賦〉吟詠道：「夷坑谷，拔鹵莽，刊山石。」李善注解說：「鹵莽，中生草莽也。」這是描述漢武帝出兵攻打匈奴的情形：平坑谷，拔荒草，削山石。

《莊子．則陽》中講過一個故事：「長梧封人問子牢曰：『君為政焉勿鹵莽，治民焉勿滅裂。昔予為禾，耕而鹵莽之，則其實亦鹵莽而報予；芸而滅裂之，其實亦滅裂而報予。予來年變齊，深其耕而熟耰之，其禾蘩以滋，予終年厭飧。』」

長梧這個地方守護封疆的人對子牢說：「你處理政事不要鹵莽，治理百姓不要草率。過去我種莊稼，耕作很鹵莽，結果收穫時獲得的回報很差；除草時草率，結果收穫時獲得的回報也很差。第二年我改變了方法，深耕細作，禾苗茂盛成長，我得以終年飽食。」「熟耰（ㄧㄡ）」指反復耕作。

這裡的「鹵莽」一詞，諸家都注解是粗率或淺耕稀種，不過，我們來對比下文中莊子回答的一句話：「故鹵莽其性者，欲惡之孽，為性萑葦蒹葭。」意思是：因此對本性鹵莽的，生長惡欲，就像蘆葦一樣遮蔽本性。「萑（ㄏㄨㄢˊ）」、葦、蒹葭都是蘆葦一類的野草，將「鹵莽」與之作比，可見「鹵莽」也是荒草。因此，「昔予為禾，耕而鹵莽之，則其實亦鹵莽而報予」的本義就應該是：過去我種莊稼，像對待荒草一樣耕作，得到的收穫也像荒草一樣。

由荒草而引申為荒蕪、荒廢，再引申為苟且、馬虎，繼而引申為粗疏、輕率、冒失，乃是順理成章之事，「鹵莽」於是由中性詞變成了貶義詞。

最後說「魯」。「魯」的甲骨文字形是一條鮮魚在鍋中烹煮，或者也可以理解為已經烹煮完成的鮮魚放在容器內，等待端上。因此「魯」的本義就是魚味鮮美，從而訓為嘉美。在周公分封魯國之前，這片地域早就「膏壤千里」，不僅陸上物產豐富，而且海產富饒，《史記．夏本紀》形容說「海物維錯」，鄭玄注解說：「海物，海魚也，魚種類尤雜。」此地之所以名「魯」，正是由此而來，周武王不過借這個現成的美稱賜給周公做了國號。

但是，從春秋時期起，這個字的意思就變了，孔子曾經評價「參也魯」，說他的學生曾參很遲鈍。劉熙在《釋名．釋州國》中總結了這個變化的原因：「魯，魯鈍也，國多山水，民性樸魯也。」意思就是說，魯國多山水，限制了與外界的交往，因此「民性樸魯」，既質樸又遲鈍，今天形容人的魯拙、粗魯、魯鈍等等詞彙都是由此而來。又因為「魯」與「鹵」音同，因此「魯」嵌接入「鹵莽」一詞而寫作「魯莽」。「鹵莽」是最初的詞彙，而「魯莽」則是後起的詞彙。

「喬裝」原來是踩高蹺的表演

在漢語詞彙庫中，「喬裝」或「喬裝打扮」是一個非常令人費解的詞彙。「裝」本來寫作「妝」，這很容易理解，化妝，妝扮，引申為假裝，那麼「喬」指什麼？為什麼可以和「妝（裝）」組合在一起，從而形容假裝、改扮（喬裝），或者形容改變服飾、面貌，進行偽裝，隱藏真實身分（喬裝打扮）？

「喬」字很有意思，《說文解字》：「喬，高而曲也。」並舉《詩經・國風・漢廣》中「南有喬木」的詩句為例；但喬木乃是高大挺直的樹種，主幹尤其筆直，為什麼說喬木的上部彎曲呢？因此，這個解釋不通。

「喬」的金文字形是認清其本義的一把鑰匙：從止從高，「止」是腳，「高」是城樓，因此「喬」會意為人登上高樓，由於人登高的舉動跟踩高蹺的動作極為相似，因此順理成章地把踩高蹺的人稱作「喬人」。《山海經・海外西經》載：「長股之國在雄常北，被（披）髮，一曰長腳。」郭璞注解說：「或曰有喬國，今伎家喬人，蓋象此身。」也就是說，至遲到了晉代，已經把民俗活動中踩高蹺的人稱為「喬人」。清代學者吳任臣進一步解釋說：「喬人，雙木續足之戲，今曰躧蹻。」清代時稱作「躧蹻」，「躧（ㄒㄧˇ）」是踩、踏之意，「蹻」通「蹺」，正是高蹺的古稱。

郭璞又寫道：「或曰長腳人常負長臂人入海中捕魚也。」這句話牽涉到踩高蹺這一技藝的由來，很有可能是生活在海邊的漁民在淺海處捕魚時，綁紮著長木蹺，手持長木杆捕魚的形象寫照。

踩高蹺的技藝早在春秋時期就已經出現，不過那時的表演者還不叫「喬人」。《列子．說符》載：「宋有蘭子者，以技干宋元。宋元召而使見。其技以雙枝，長倍其身，屬其脛，並趨並馳，弄七劍迭而躍之，五劍常在空中。元君大驚，立賜金帛。」宋元君看到的高蹺之戲，非但能夠踩著雙木趨馳自如，竟然還可以雙手拋接七把劍，真是眩人眼目！

南宋時的《西湖老人繁勝錄》一書，記錄了都城臨安（今杭州）市民的遊藝活動以及各類藝人的姓名和事蹟，其中著錄的雜戲有「喬謝神、喬做親、喬迎酒、喬教學、喬捉蛇、喬焦錘、喬賣藥、喬像生、喬教象」等等名目，顯然，這些雜戲都是踩著高蹺進行的表演，吳自牧《夢粱錄》稱之為「踏蹺」。

眾所周知，表演踩高蹺時，踩高蹺的人還要妝扮成各種角色，而且多以漁翁、媒婆、傻公子、小二哥、道姑、和尚等下九流人物為主，這是為了扮相滑稽，逗笑取樂，博觀眾歡心，正如吳自牧的描述：「村落野夫，罕得入城，遂撰此端，多是借裝為山東、河北村叟，以資笑端。」

正是因為喬人表演的踩高蹺之戲，「喬」才由此引申出假裝、改扮的意思，吳自牧描述說雜劇中有專門的角色「發喬」，即假裝憨愚之態。這就是所謂「喬妝」或「喬裝」。

「喬妝」的角色既然都是下九流，可想而知不僅扮相滑稽，而且表演的還都是這些人物日常生活中令人憎惡的品行，才能夠引人發笑，因此「喬」在宋、元時期就變成了一個詈詞，凡罵人壞者皆稱為「喬」。劉福根先生在《漢語詈詞研究》中總結道：「『喬』是一個含義寬泛的詈詞，隨文有壞、古怪、虛假、惡劣、刁滑等。《夷堅丙志》卷十四〈黃烏喬〉：『邑人以其色黑而狡譎，目之曰烏喬。』〈合汗衫〉四折：『母親，你好喬也，丟了一個賊漢，又認了一個禿廝那。』」此外還有「喬才」、「喬男女」等詈詞。

綜上所述，「喬妝」、「喬裝」或「喬裝打扮」都是由踩高蹺的表演而來，本為中性詞，但與「喬」用於罵人一脈相承，這些詞也含有貶義成分，從而變成了貶義詞。

「寒酸」原來是「寒畯」之誤

俗話說「寒酸相」、「寒酸氣」，形容貧窮窘迫因而不體面的樣子，後來更用以稱呼貧窮的讀書人為「寒酸」，甚至還有酸秀才、酸文人、酸腐、酸文假醋等等稱謂。這是一個漢語中的常用詞彙，但細思之卻令人大惑不解：貧窮為什麼就會發酸？尤其是為什麼會拿來形容讀書人呢？

原來，「寒酸」一詞屬誤用，正確的寫法是「寒畯」。《說文解字》：「畯，農夫也。」其實「畯（ㄐㄩㄣˋ）」的本義是指掌管農事的官員，又稱「田畯」。在為《詩經．小雅．甫田》所作的箋注中，鄭玄解釋說：「田畯，司嗇，今之嗇夫也。」孔穎達進一步解釋說：「田畯，田官，在田司主稼穡，故謂司嗇。漢世亦有此官。」

「寒畯」一詞出自五代王定保《唐摭言》：「李太尉德裕頗為寒畯開路，及謫官南去，或有詩曰：『八百孤寒齊下淚，一時南望李崖州。』」李德裕是唐代名相，曾任太尉，故稱「李太尉」；晚年被貶崖州（今海南三亞），又稱「李崖州」。「孤寒」指出身低微的貧寒士人，李德裕很喜歡提攜他們。

明代學者趙宧（ㄧˊ）光《說文長箋》說：「周官田，大夫之屬曰田畯。因農夫義，故鄙野人曰寒畯。」農夫居住在郊外偏遠的地方，因此引申而將鄙野之人稱之為「寒畯」。

明代字書《正字通》說：「野人曰寒畯……俗讀寒酸。」可見至遲到明代末年，「寒畯」已經誤寫為「寒酸」。錯誤的原因，趙宧光認為「酸」的異體字從酉從畯，「失酉形易混也」。「寒畯」本來是形容出身寒微卻才能傑出的士人的褒義詞，但是一誤讀成「寒酸」，立刻變成了一個貶義詞。

清代學者錢大昭《邇言》又說：「宋元人目秀才為『窮措大』，因改『措』為『醋』，又因醋味酸，而謂為『酸』。皆後人取笑之詞，非誤讀也。」

其實稱讀書人為「措大」、「醋大」，自唐已然。晚唐學者李匡乂《資暇集》認為「醋宜作『措』，止言其能舉措大事而已」。「措大」者，舉措能夠做大事之謂也，是對士人的讚譽之詞。

元代時，讀書人地位下降，僅高於乞丐，因此正如錢大昭所說，人們才「改『措』為『醋』，又因醋味酸，而謂為『酸』」，用這個文字遊戲來取笑讀書人。

之所以有「寒酸」一詞，又之所以稱讀書人為「酸」，即由此輾轉而來。

「揮霍」原來是形容雜技表演

「揮霍」一詞，今天是形容生活豪奢，以至於任意浪費財物，但有趣的是，這個詞最早卻是用來形容雜技表演的。

《後漢書．張衡列傳》載：「時天下承平日久，自王侯以下，莫不逾侈。衡乃擬班固〈兩都〉，作〈二京賦〉，因以諷諫。精思傅會，十年乃成。」〈西京賦〉中描寫了許多長安城裡的雜技表演，其中有「跳丸劍之揮霍，走索上而相逢」的吟詠，薛綜注解道：「揮霍，謂丸劍之形也。索上長繩繫兩頭於梁，舉其中央，兩人各從一頭上，交相度，所謂舞絙者也。」

「丸劍」指表演時使用的鈴和劍。薛綜說「揮霍，謂丸劍之形也」，張銑說「揮霍，鈴劍上下貌」，李善說「揮霍，疾貌」，可見「揮霍」乃是形容鈴和劍迅疾舞動的動作。「索」是扯起的繩索，兩人分別從兩頭走上繩索，在繩索中間碰面，同時迅疾舞動鈴和劍。這種雜技又稱為「舞絙」，「絙（ㄍㄥ）」是大繩索，在繩索上「跳丸劍」，故稱「舞絙」。

「揮霍」由迅疾舞動鈴和劍的雜技動作，引申為浪費財物之迅速，從此就由美妙的雜技動作變成了一個貶義詞。

更為有趣的是，「霍亂」這個病名也跟「揮霍」一詞有關。「霍亂」其名早在《黃帝內經》的《靈樞》篇中就已出現，岐伯告訴黃帝人體有五亂：亂於胸中，亂於心，亂於肺，亂於腸胃，亂於臂脛，亂於頭。其中亂於腸胃就叫「霍亂」。

隋代醫學家巢元方在《諸病源候論》中解釋為何稱作「霍亂」：「言其病揮霍之間，便致撩亂也。」此處「揮霍」一詞仍然是形容迅疾之貌，「其亂在於腸胃之間者，因遇飲食而變發，則心腹絞痛」，飲食不潔，「揮霍之間便致撩亂」，發病極為迅速、突然，故稱「霍亂」。

「無賴」原來不是指浪蕩子

「無賴」在今天的語義中，作形容詞是指放刁、撒潑、蠻不講理，比如「耍無賴」；作名詞是指遊手好閒、刁滑強橫的浪蕩子，比如「地痞無賴」。但是在古代，這個詞有著非常豐富的含義。

《史記》中一共出現兩處「無賴」。第一處是〈高祖本紀〉，漢九年（前一九八），漢高祖劉邦在未央宮大宴群臣，舉著一杯酒為父親祝壽，說：「始大人常以臣無賴，不能治產業，不如仲力。今某之業所就孰與仲多？」意思是：以前父親您常常以我為「無賴」，認為我不能置辦產業，比不上老二，那麼現在請問我置辦的產業和老二相比，誰的更多？「賴」的本義是得益、贏利，《說文解字》：「賴，贏也。」因此劉太公認為劉邦「無賴」是指劉邦沒有正當的產業可從事，因而無法置辦家業的意思，並非今天語義中遊手好閒的浪蕩子，更不是指劉邦是一個地痞流氓。

「賴」由此引申出「依靠」之意，也就是《史記》中第二處〈張釋之馮唐列傳〉中的用法：漢文帝有一次去參觀皇家動物園，向上林尉詢問登記在冊的禽獸情況，上林尉嘴笨，一問三不知。旁邊掌管虎圈的嗇夫（官名）代上林尉回答了這些問題。漢文帝很欣賞嗇夫的口才，說：「吏不當若是邪？尉無賴！」意思是當官就應該像嗇夫這樣，上林尉不可依靠！

在《史記》的這兩處用法中，「無賴」都沒有浪蕩子的語義。後來古詩文中開始大量使用「無賴」一詞的引申義，比如無聊、沒有道理：「唯憎無賴汝南雞，天河未落猶爭啼」（徐陵〈烏棲曲〉）；比如無心、無意：「花須柳眼各無賴，紫蝶黃蜂俱有情」（李商隱〈二月二日〉）。

古漢語中有一個常見的現象：「反義同詞」，即同一字詞在不同的語境裡，表達兩個截然對立的意義，比如「受」同時有接受和授予兩個對立的意義。在「無賴」一詞的演變中，也慢慢開始表達對立的意義。

杜甫〈絕句漫興九首〉：「眼見客愁愁不醒，無賴春色到江亭。」〈送路六侍御入朝〉：「劍南春色還無賴，觸忤愁人到酒邊。」楊巨源〈與李文仲秀才同賦泛酒花詩〉：「若道春無賴，飛花合逐風。」陸游〈廣都道中吳秀辰〉：「江水不勝綠，梅花無賴香。」在這些詩中，詩人們將自然景色擬人化，用「無賴」來表達春色、梅花等自然景色令人似惱實喜的心理活動。誰會真的惱怒春色、梅花呢？詩人們無非是用一種嗔怪的口氣來表達喜愛之極的情感罷了。最有名的是徐凝〈憶揚州〉中的名句：「天下三分明月夜，二分無賴是揚州。」在這裡，「無賴」簡直就是可愛極了的意思：明月夜天下共有三分，其中二分都在揚州，你說難道真的惱怒揚州的明月嗎？那一定是喜愛極了！

辛棄疾〈清平樂・村居〉一詞膾炙人口：「茅簷低小，溪上青青草。醉裡吳音相媚好，白髮誰家翁媼。大兒鋤豆溪東，中兒正織雞籠。最喜小兒無賴，溪頭臥剝蓮蓬。」「最喜小兒無賴」，是形容小兒頑皮之意，這種頑皮非但不讓大人反感，反而蘊含著滿腔的喜愛之情。

至遲到元朝，「無賴」一詞開始具備今天的語義，明代詩人高啟在〈書博雞者事〉一文中記載了元朝至正年間的一位鬥雞者：「博雞者袁人，素無賴，不事產業，日抱雞呼少年博市中，任氣好鬥，諸為里俠者皆下之。」這裡的「無賴」一詞雖然仍有「不事產業」的意思，但是已經具備了「任氣好鬥」、刁滑強橫的義項，非常接近於今天所說的「浪蕩子」了。

由此可知，「無賴」一詞是因為「反義同詞」現象，由不事產業的中性詞變成對浪蕩子的貶義稱謂。

「焦頭爛額」原來是奮勇救火受的傷

成語「焦頭爛額」今天只用作比喻義，比喻因忙亂而顯得狼狽不堪。忙亂可以用無數的情形來比喻，為什麼偏偏用燒焦了頭、灼傷了額來比喻呢？

原來，此語出自《漢書．霍光傳》。漢宣帝對權臣霍光非常畏懼，二人一同出遊的時候，漢宣帝有如芒刺在背。霍光死後，漢宣帝終於長長地出了一口氣，開始慢慢削奪霍氏家族的權柄。

「初，霍氏奢侈，茂陵徐生曰：『霍氏必亡。夫奢則不遜，不遜必侮上。侮上者，逆道也。在人之右，眾必害之。霍氏秉權日久，害之者多矣。天下害之，而又行以逆道，不亡何待！』乃上疏言：『霍氏泰盛，陛下即愛厚之，宜以時抑制，無使至亡。』」

當霍氏顯貴之時，茂陵的徐生一連上了三通疏，批評霍氏的奢侈和專權。霍家敗亡後，凡舉報霍氏的人統統加官進爵，惟獨徐生沒有。有人為徐生鳴不平，給漢宣帝的上疏中講了這樣一個故事：「臣聞客有過主人者，見其灶直突，傍有積薪，客謂主人，更為曲突，遠徙其薪，不者且有火患。主人嘿然不應。俄而家果失火，鄰里共救之，幸而得息。於是殺牛置酒，謝其鄰人，灼爛者在於上行，餘各以功次坐，而不錄言曲突者。人謂主人曰：『鄉使聽客之言，不費牛酒，終亡火患。今論功而請賓，曲突徙薪亡恩澤，焦頭爛額為上客耶？』主人乃悟而請之。」

「直突」指直通通不拐彎的煙囪，「曲突」當然就是彎曲的煙囪。客人建議主人家把直突改為曲突，並把薪柴搬遠一點，以免火患。主人不聽，果然失火。救火後，主人宴請鄰里，而竟然不請那位最早提建議的客人，此之謂「曲突徙薪亡（無）恩澤，焦頭爛額為上客」。「曲突徙薪」和「焦頭爛額」這兩個成語即由此而來。

故事講完了，上疏人話鋒一轉，接著說道：「今茂陵徐福數上書言霍氏且有變，宜防絕之。鄉使福說得行，則國亡裂土出爵之費，臣亡逆亂誅滅之敗。往事既已，而福獨不蒙其功，唯陛下察之，貴徙薪曲突之策，使居焦發灼爛之右。」

這段話的意思是說：徐福屢次上書說霍氏將有變，早就應該防範杜絕。假如採納了徐福的建議，那麼國家不至於破費土地和爵祿封賞，大臣不會因叛逆而被誅滅。徐福這麼大的功勞卻沒有得到封賞，陛下應該以「徙薪曲突之策」為貴，讓徐福「居焦發灼爛之右」，徐福應該位於救火的「焦發灼爛」、「焦頭爛額」者的上位。

接到這通上疏，漢宣帝幡然悔悟，「乃賜福帛十四，後以為郎」。

最早提出「曲突徙薪」、預防火災的合理化建議的這位客人，本該是做出貢獻最大的人，但卻無人問津，因救火受傷、「焦頭爛額」的鄰居反為座上賓。後人省略掉這則寓言中意味深長的哲理，只用其比喻義，比喻慘敗或受到嚴重打擊而顯得狼狽窘迫，含有輕微的貶義。

「痞氣」原來是瘧疾

日常口語中，把流氓、無賴、惡棍稱為「痞子」，形容這類人說話下流、行事不正經、吊兒郎當叫作「痞裡痞氣」。這樣的稱謂很奇怪，「痞」到底是什麼東西？為什麼可以用來指稱這類人呢？

原來，「痞」和「痞氣」指一種病，就是人們熟知的瘧疾。

《說文解字》：「痞，痛也。」許慎解釋得還不完整，劉熙在《釋名．釋疾病》中則說：「痞，否也，氣否結也。」「否（ㄆㄧˇ）」的意思是閉塞、阻隔不通，因此南朝字書《玉篇》進一步解釋說：「痞，腹內結病。」

也就是說，「痞」的本義是指胸中或腹內瀦悶結塊，導致疼痛不已。正如明代字書《正字通》中所說：「不痛者為痞滿，痛者為結胸。」「痞滿」即「痞瀦」，李時珍《本草綱目》描述了病因：「心下結硬，按之無，常覺痞滿，多食則吐，氣引前後，噫呃不除，由思慮鬱結。」「結胸」則指邪氣鬱結於胸中，按起來又硬又痛。

這些都屬常見病，過去的醫家認為是由瘧疾引發的疾病，東漢「醫聖」張仲景《金匱要略》寫道：「病瘧，以月一日發，當以十五日愈，設不差，當月盡解。如其不差，當云何？師曰：此結為症瘕，名曰瘧母。」也就是說，瘧疾久病不愈，以至於氣血虧損，淤血鬱結而成痞塊，稱作

「瘧母」。所謂「症瘕」，結塊堅硬，又不移動，有固定的痛處的，稱「症」；經常移動痛處的稱「瘕（ㄐㄧㄚˇ）」。

南宋學者周密《志雅堂雜鈔》記載了古代醫家的「四怕」：「俞老醫云：醫官怕四子：痁子，虐；頓子，嗽；顛子，痢；市子，疥，或作世子。此皆醫行市語也。」「痁（ㄉㄧㄢˋ）」指多日一發的瘧疾；「頓子」指久咳不愈；「顛子」指痢疾；「市子」或「世子」指疥瘡，一說「疥」通「痎（ㄐㄧㄝ）」，指隔日一發的瘧疾。

綜上所述，「痞」就是指瘧疾久病不愈而導致的胸腹間的痞塊、痞積，而「痞氣」則指脾臟鬱結成塊，即慢性脾臟腫大。相傳為戰國名醫扁鵲所著的《難經》第五十六難中寫道：「脾之積名曰痞氣，在胃脘，覆大如盤，久不愈，令人四肢不收，發黃疸，飲食不為肌膚。」

從清代後期起，人們的日常口語中開始把疾病之稱的「痞」字移用到人身上，產生了痞棍、痞徒、兵痞、文痞、地痞、痞子等等貶義的稱謂。流氓、無賴本是一種惡劣的習氣，談不上罪大惡極，但是滋擾鄉間的行徑卻又令人生厭，就如同堅硬地駐紮在胸腹之間的痞塊，或痛或不痛，雖不至於致死，但卻無法徹底清除，因此，用「痞」字來形容這類人實在是太形象啦！

「登徒子」並非好色之徒

「登徒子」指好色之徒，這個稱謂到底是怎麼來的？

「登徒」是複姓，「子」是男子的通稱。登徒子其人出自宋玉的詞賦名篇〈登徒子好色賦〉，開篇就寫道：「大夫登徒子侍於楚王，短宋玉曰：『玉為人體貌閒麗，口多微詞，又性好色。願王勿與出入後宮。』」「短」指說壞話，揭短。

楚襄王聽後，就質問宋玉到底是不是好色。宋玉的回答歷來被譽為描寫女性之美的絕筆，值得再次重溫：「天下之佳人莫若楚國，楚國之麗者莫若臣里，臣里之美者莫若臣東家之子。東家之子，增之一分則太長，減之一分則太短；著粉則太白，施朱則太赤；眉如翠羽，肌如白雪；腰如束素，齒如含貝；嫣然一笑，惑陽城，迷下蔡。然此女登牆窺臣三年，至今未許也。」「東鄰」或「東鄰之子」遂成為美女的代稱。

宋玉接著開始攻擊登徒子：「登徒子則不然。其妻蓬頭攣耳，齞脣歷齒，旁行踽僂，又疥且痔。登徒子悅之，使有五子。王孰察之，誰為好色者矣。」

「蓬頭」指頭發散亂；「攣（ㄌㄩㄢˊ）」是蜷曲的意思，「攣耳」指耳朵張不直，蜷曲著；「齞（ㄧㄢˇ）」是牙齒外露的樣子，「齞脣」指齒露脣外；「歷」是稀疏的意思，「歷齒」指牙齒稀疏不整齊；「旁行」指走路搖搖晃晃的樣子；「踽僂（ㄐㄩˇ ㄌㄡˊ）」指彎腰駝背；「疥」即疥瘡，「痔」即痔瘡。

登徒子的妻子被宋玉刻薄地描繪成一個奇醜無比的女人，登徒子居然還跟她生了五個子女！那麼到底誰是好色之徒？楚襄王顯然邏輯不過關，被宋玉的詭辯繞暈了頭。

其實宋玉筆下的登徒子絕不是好色之徒，即使做了大官，也從不嫌棄相貌醜陋的妻子，始終對愛情專一，況且就算按照宋玉的描述，登徒子也頂多只是美醜不分，哪裡追逐美色了？所以，「登徒子」成為好色之徒的貶義代稱可謂千古奇冤。

「買春」原來指去買酒

有一份報紙曾經刊登過一則題為〈「買春」的意思是買酒？〉的報導，其中寫道：「『買春』是什麼意思？教育部線上辭典再次『教育』網友們，說『春』是酒名，因此買春就是買酒。老師和學生家長說，如果小朋友理解這樣的話，可能跟別人說『我們去買春』。」

這篇文章暴露出記者的極度無知。「買春」一詞在今天的語境中是指花錢購買性服務，只能說是道德墮落的表現，「買春」這個優雅的古代詞彙，竟然被現代人抹黑成了嫖娼，不知道是今人的悲哀還是古人的悲哀。

「買春」一詞出現於唐代，果然就是「買酒」的意思。晚唐詩論家司空圖所著《二十四詩品》「典雅」一條列出了以下堪稱「典雅」的詩境：「玉壺買春，賞雨茅屋。坐中佳士，左右修竹。白雲初晴，幽鳥相逐。眠琴綠陰，上有飛瀑。落花無言，人澹如菊。書之歲華，其曰可讀。」

關於「玉壺買春」，現代語言學家郭紹虞先生解釋得非常清楚：「春有二解，《詩品注釋》：春，酒也。唐《國史補》：酒有郢之『富水春』，烏程之『若下春』，滎陽之『上窟春』，富平之『石東春』，劍南之『燒春』。此一義也。楊廷芝《詩品淺解》：春，春景。此言載酒遊春，春光悉為我得，則直以為買耳。孔平仲詩：『買住青春費幾錢。』楊萬里詩：『種柳堅堤非買春。』此又一義也。竊以為二說皆通。」

除了這兩個義項之外，「買春」還有兩個義項，其一為「買春錢」，指科舉考試時親友給落選者提供的酒食費，唐人馮贄《雲仙雜記》：「進士不第者，親知供酒肉費，號買春錢。」其二指清代時春天的一種娛樂遊戲，正如白話短篇小說集《豆棚閒話》中的描寫：「有愛聽南腔的，有愛聽北腔的，有愛看文戲的，有愛看武戲的，隨人聚集，約有萬人。半本之間，恐人腹枵散去，卻抬出青蚨三五十筐，喚人望空灑去。那些鄉人成團結塊，就地搶拾，有跌倒的，有壓著的，有喧嚷的，有和哄的，拾來的錢，都就那火食擔上吃個饜飽，謂之買春。」「腹枵（ㄒㄧㄠ）」，肚子餓；「青蚨（ㄈㄨˊ）」是一種水蟲，分為子母，以血塗錢，因為子母相吸的緣故，花出去的錢還可以再飛回來，因此用作錢的代稱。這段「買春」的描述是演社戲場景的生動寫照。

可見，「買春」一詞在古代從來沒有今天的下流意思，那位記者不去批判今天的「買春」現象，卻拿今人之心度古人之腹，真乃無知者無畏！

「順手牽羊」原來指用右手牽羊

在今天的語境中，「順手牽羊」這個成語是一個不折不扣的貶義詞，順手把別人家的羊牽走，借用來比喻趁機拿走或者偷走別人的東西，跟「趁火打劫」是一個意思。這個成語很冤枉，因為最初只是一個描述客觀狀態的中性詞。

「順手牽羊」最早的雛形出自《禮記・曲禮上》：「效馬效羊者右牽之，效犬者左牽之。」此處的「效」是進獻的意思，效馬、效羊、效犬就是進獻給對方馬、羊、犬，「右牽」、「左牽」是進獻的禮節。

馬和羊為什麼要用右手牽著，而犬為什麼要用左手牽著呢？鄭玄注解說：馬和羊用右手牽是因為「用右手便」，犬用左手牽是因為「犬齜齧人，右手當禁備之」。「齜（ㄗ）」指張開嘴露出牙齒。總之，不管左手還是右手，古人習慣的用手方式跟今天沒有任何區別，即右手更靈便，勁兒更大。孔穎達進一步解釋得更加清晰：「馬羊多力，人右手亦有力，故用右手牽掣之也。」「犬好齜齧人，故左牽之，而右手防禦也。」因為右手相比左手來說更加靈便，因此俗語中就把右手稱作「順手」，取順便之意。如此看來，「順手牽羊」的最早語義其實僅僅是指用右手牽羊而已，並沒有後來的延伸義。

元明時期，通俗文學發達，「順手牽羊」以其形象性開始屢屢出現在各種文本之中，比如元代雜劇作家關漢卿所作〈尉遲恭單鞭奪槊〉，秦王李世民的弟弟李元吉嫉恨尉遲恭，在哥哥面前形容他和尉遲恭作戰，吹牛道：「是我把右手帶住馬，左手揪著他眼紮毛，順手牽羊一般牽他回來了。」李世民不相信，讓二人同去演武場比試，結果只一個回合，李元吉的槊就被尉遲恭奪去，自己墜馬。這裡的「順手牽羊」一語使用的仍然是最早的語義。

因為「順手牽羊」太過容易，所以大約從清代開始，人們就把這個成語借用來比喻趁機偷東西，變成了一個貶義詞。

「傻瓜」的「瓜」原來指瓜州

「傻」是宋代才出現的後起字，將「傻」字置於「瓜」的前面，也一定是宋代之後才出現的稱謂。事實也正是如此，元代無名氏所作元曲〈十探子大鬧延安府〉，「傻瓜」一詞凡兩見：「他扣廳打我一頓，想起來都是傻瓜。」「俺兩個是元帥府裡勾軍的，一個是喬搗碓，一個是任傻瓜。」

但是，「傻瓜」的「瓜」到底是什麼瓜？為什麼可以用作罵人話呢？這是個非常有趣的疑問。

原來，「傻瓜」的「瓜」指瓜州。《左傳》中「瓜州」地名凡兩見，一次是〈襄公十四年〉，晉國將要逮捕姜戎氏的首領駒支，國卿范宣子譴責說：「來！姜戎氏！昔秦人迫逐乃祖吾離於瓜州，乃祖吾離被苫蓋，蒙荊棘，以來歸我先君。我先君惠公有不腆之田，與女剖分而食之。」

這段話牽涉到姜戎氏的遷徙史。姜戎氏是西戎的一支，原居瓜州，祖先吾離遭到秦國的迫逐，被迫離開，「被苫（ㄕㄢ）蓋」，披著茅草編成的遮蔽物，「蒙荊棘」，一路艱難地來到晉國，晉惠公將本來就不豐厚的南部土地分給姜戎氏，作為棲身之所。「腆（ㄊㄧㄢˇ）」是豐厚的意思。

另外一次是《昭公九年》，周、晉爭地，晉國大夫率領陰戎前來攻伐。陰戎也是西戎的一支，與姜戎氏同宗不同姓，姜戎姓姜，陰戎姓允，一起遷徙到了晉國。周天子派大臣指責晉國大夫說：「允姓之奸，居於瓜州，伯父惠公歸自秦，而誘以來，使逼我諸姬，入我郊甸，則戎焉取之。戎有中國，誰之咎也？」指責晉惠公將陰戎誘騙到晉國居住，成為晉國的爪牙。

那麼，「瓜州」到底在哪裡？《漢書．地理志》「敦煌郡」注解說：「杜林以為古瓜州地，生美瓜。」杜林是東漢大儒，曾經客居河西，即甘肅、青海一帶黃河以西的地區，熟知當地風物。顏師古的注解則很奇特：「其地今猶出大瓜，長者狐入瓜中食之，首尾不出。」這是極力形容瓜州出產的美瓜之大，老狐狸鑽進瓜中，竟然都看不到頭和尾巴。

著名歷史學家顧頡剛先生在《史林雜識》中則認為瓜州在今秦嶺高峰之南北兩坡。不管是敦煌之瓜州還是秦嶺之瓜州，總之是姜戎氏和陰戎的故地，被秦國迫逐而遷徙到了晉國南部生存。

顧頡剛先生還記載了兩則親身經歷：「一九四八年，予在皋蘭，九月五日遊於西北師範學院，與其教授林冠一同志談。師範學院由陝西城固遷來，冠一居城固久，為言洋縣之北，秦嶺之中，有民一族，號曰『瓜子』。其人甚誠愨，山居艱於自給，多出外賣其身，作耕種、推磨諸事，極苦不辭。每有勞役，雖胼胝困頓，而操作終不輟。以其愨也，人謬謚之曰『傻瓜』，而『瓜子』之族號反隱。其人之所以『傻』者，大漢族主義壓迫下之結果也。」

愨（ㄑㄩㄝˋ），厚道、樸實；胼胝（ㄆㄧㄢˊ ㄓ），手掌、腳底因長期勞動而生的繭子，比喻勞苦。

顧頡剛先生又記：「一九五一年十一月，得西北農學院辛樹幟院長來函，云：『今日偶閱吾校森林系學生上期畢業論文，得任世周同志〈秦嶺北坡林區社會調查報告〉，謂北坡地勢陡峻，人煙稀少。調查所及，當寶雞之西，天水之東，麥積山之南，至朱家後川、紅岩子二村，見有瓜子。其人行動遲鈍，體小，口大，舌圓，常露笑靨而少言語，發音異常人。朱家後川人口二百六十，瓜子二十，占百分之八點五；紅岩子人口一千二百十九，瓜子二百二十六，占百分之二十強。聞山中瓜子數尚不少也。』」

顧頡剛先生只記見聞，卻沒有分析「瓜子」作為族名的由來。姜戎氏和陰戎自瓜州遷來，《詩經．大雅．綿》中有「綿綿瓜瓞」的詩句，大者稱「瓜」，小者稱「瓞（ㄉㄧㄝˊ）」，「綿綿瓜瓞」因此比喻子孫繁衍，相繼不絕。「瓜子」可以理解為從瓜州遷出的後代。還有一種可能：「子」指爵位。古時爵位分為五等，公、侯、伯、子、男，夷狄之國的國君只能封為「子」，比如楚國國君稱「楚子」。姜戎氏和陰戎遷徙到晉國之後，很有可能被封為「子」，故稱「瓜子」。這種解釋僅僅是猜測。

清人黎士宏《仁恕堂筆記》載：「甘州人謂……不慧之子曰瓜子，殊不解所謂。後讀《唐書》，賀知章有子，請名於上，上曰：『可名為孚。』知章久乃悟上謔之曰以不慧，故破『孚』字為瓜子也。則是瓜子之呼，自唐以前已有之。」

甘州即今甘肅省張掖市一帶。至今甘肅、四川兩省還把不聽明的人、愚蠢的人稱為「瓜子」、「瓜娃子」。顧頡剛先生總結說：「知『瓜子』一名，自秦嶺而南傳至四川，自秦嶺而北傳至甘肅。若今華北平原，譏人之愚，惟有連繫形容詞之『傻瓜』，不聞有言『瓜子』者。此對於少數民族侮辱性之言詞，所急應予以糾正者也。」

「傻瓜」成為貶義的詈詞，即由此而來。

「愁眉」原來是女子美麗的眉妝

漢語詞彙庫中有愁眉苦臉、愁眉不展、愁眉淚眼、愁眉蹙額、愁容慘淡等等形容憂愁表現在臉上的成語或詞彙。不過，在中古之前，「愁」字從來沒有直接形容面部表情的憂愁，這和「愁」從心的造字法是相一致的，形容的是「心」中憂愁。

魏晉南北朝以迄隋唐的中古時期開始，「愁」字開始作為面部表情的修飾，最早的就是「愁眉」一詞。今天的各種辭典都把「愁眉」解釋為眉頭緊皺或者緊鎖，這一解釋固然不錯，但是眉頭即眉尖，是指雙眉中間的部分，緊皺或者緊鎖的只能是這個部位，而不是兩條眉毛。「愁」既然用來修飾「眉」，最初修飾的當然就是兩條眉毛，那麼，到底什麼才叫「愁眉」呢？

鮮為人知的是，「愁眉」這個詞的語源，竟然是指女子的眉妝，而且還是一種非常美麗的眉妝。

東晉干寶《搜神記》完整地記載了「愁眉」這種眉妝：「漢桓帝元嘉中，京都婦女作愁眉、啼妝、墮馬髻、折腰步、齲齒笑。愁眉者，細而曲折。啼妝者，薄拭目下，若啼處。墮馬髻者，作一邊。折腰步者，足不在下體。齲齒笑者，若齒痛，樂不欣欣。始自大將軍梁冀妻孫壽所為，京都翕然，諸夏效之。天戒若曰：『兵馬將往收捕，婦女憂愁，踧眉啼哭，吏卒掣頓，折其腰脊，令髻邪傾，雖強語笑，無復氣味也。』到延熹二年，冀舉宗合誅。」

《後漢書．五行志》在重複了上述的記載後評價道：「此近服妖也。」古人把奇裝異服和怪異的妝飾視為「服妖」。「啼妝」指用粉在眼睛下面薄薄地塗拭一層，看起來就像啼痕；「墮馬髻」也稱「墜馬髻」，將髮髻偏於一側，就像騎馬時從一側墜落的樣子；「折腰步」是形容走路時腰肢扭捏，好像雙腳撐不住身體一樣；「齲齒笑」是故意模仿牙痛而笑的樣子。

這些妝飾的發明者乃是東漢外戚、權臣梁冀的妻子孫壽，《後漢書》形容她「色美而善為妖態」。漢桓帝延熹二年（一五九），梁冀全族被誅，因此干寶將孫壽的這些妖態發明稱之為「天戒」，上天的警戒。

至於「愁眉」，李賢注引《風俗通》：「愁眉者，細而曲折。」這個解釋很奇怪，干寶明明說梁冀家族被捕的時候「婦女憂愁」，對應「愁眉」的讖語，但是「細而曲折」的眉妝跟憂愁有什麼關係呢？

原來，「愁眉」之「愁」，和憂愁毫無關係！

來看看《禮記．鄉飲酒義》中關於「愁」字的描述：「西方者秋，秋之為言愁也，愁之以時察，守義者也。」在五行體系中，西方是秋天的位置，秋天萬物肅殺，因此要體察時令，這就叫守義（守節）。鄭玄注解說：「愁，讀為『揫』，揫，斂也。」「愁」通「揫（ㄐㄧㄡ）」，聚斂、收斂之意，秋天是收斂的季節，緊接著冬天就是蟄伏的季節，此之謂「秋收冬藏」。

西漢揚雄《方言》中寫道：「斂物而細謂之揫。」凡物體收縮則為小為細，因此，「愁眉」實為「揫眉」，樣式乃是剃去多餘的眉毛，眉梢上勾，眉形細而曲折。這就是「愁眉」的來歷，直到唐代仍然流行，白居易有詩「風流誇墮髻，時世鬥愁眉」，權德輿有詩「叢鬢愁眉時勢新，初笄絕代北方人」，牛嶠有詩「綠雲鬢上飛金雀，愁眉斂翠春煙薄」，吟詠的都是這種眉妝，哪裡有半點憂愁的意思！

干寶雖然知道「愁眉者，細而曲折」的樣式，但卻沒有深究「細而曲折」的眉妝與憂愁能扯上什麼關係，因而妄作解語，將「愁眉」望文生義地解釋作「婦女憂愁」，從而開啟了憂愁之「愁」修飾面部表情的先河，「愁眉」也就順理成章地用來形容皺著眉頭，顯得憂愁苦惱的樣子，成了一個貶義詞，比如「愁眉苦臉」，一看就讓人不舒服。

「煙視媚行」原來是形容新媳婦害羞

今天的人們把女子風騷到極點、媚惑到骨子裡的形態用「煙視媚行」來形容，這是對這個成語本義的完全無知。

「煙視媚行」一詞出自《呂氏春秋．不屈》，記載了戰國時期魏惠王的兩位大臣白圭和惠子初見面的情形：「白圭新與惠子相見也，惠子說之以強，白圭無以應。」兩人初見，惠子就逞口舌之辯，對白圭宣講國家如何使用強力的大道理，連珠炮一般，白圭根本插不上嘴。

「惠子出。白圭告人曰：『人有新取婦者，婦至，宜安矜煙視媚行。』」惠子走後，白圭對別人說：「有一戶人家娶新媳婦，新媳婦進門後，應該『安矜煙視媚行』。」

關於白圭口中冒出的「安矜煙視媚行」一語，近代學者尚秉和先生在《歷代社會風俗事物考》一書中解釋道：「安矜煙視媚行，形容新婦之狀態，可謂入微矣。然可意會，難以言詮。安者，從容；矜者，謹慎；煙視者，眼波流動不直睨；媚行者，動止羞縮柔媚安徐也。是皆新婦初入門之狀態，反是則失身分。」清代學者梁玉繩解釋「煙視」則曰：「謂若人在煙中，目不能張，其視甚微也。」東漢學者高誘解釋「媚行」則曰：「媚行，徐行。」

如此一來，「煙視媚行」所描摹的女子的形態就非常清晰了：新媳婦微微瞇著眼往前看，不東張西望，羞澀地緩步前行。這種形態多麼符合古代社會對新媳婦的審美和禮儀要求啊！

緊接著，白圭繼續往下說，對「安矜煙視媚行」的描述更加具體：「豎子操蕉火而鉅，新婦曰：『蕉火大鉅。』入於門，門中有歛陷，新婦曰：『塞之，將傷人之足。』此非不便之家氏也，然而有大甚者。」豎子，童僕；「蕉」通「樵」，薪柴；「鉅」通「巨」，大；「歛」當為「坎」之誤，坑。

這段話的意思是：假如新媳婦進門後，看到家裡的童僕拿著燃得很旺的火把玩，立刻就說：「火把太旺了！」或者看到地上有個坑，立刻就說：「快墊上，別扭了腳！」雖然這種舉動對家庭有好處，但卻操之過急，不符合剛做新媳婦的禮儀。

由白圭的描述可知，「安矜」和「煙視媚行」都是對新媳婦的審美觀，跟風騷、放蕩、妖媚、媚惑扯不上半點干係。白圭其實是用這個舉例來譏刺惠子，惠子跟自己剛認識就如此逞能，跟那位不「安矜煙視媚行」的新媳婦一樣，操之過急，違反了基本的禮儀。

明末清初文學家張岱《陶庵夢憶》如此描寫一位傑出的女藝人朱楚生：「楚生色不甚美，雖絕世佳人無其風韻，楚楚謖謖，其孤意在眉，其深情在睫，其解意在煙視媚行。」

「楚楚」是形容鮮明出眾之貌，「謖謖（ㄙㄨˋ）」是形容挺拔高邁之貌。朱楚生雖然沒有絕世佳人的美貌，但是卻清雅高邁，風韻無雙。「孤意」指孤峭不隨流俗之態，從雙眉就可以看出來；而眼中則蘊含「深情」；「解意」則指聰明而善解人意，就表現在「煙視媚行」的舉動之中。朱楚生「煙視媚行」的體態語言恰與新媳婦的體態語言一致。

大約從明代開始，「煙視媚行」的語義開始走上歪路。明代學者楊慎在《升庵集．瓅語》中寫道：「鳶肩羔膝，蠅營狗苟，小人禽態乎？煙視媚行，影附響承，小人婦態乎？」「鳶（ㄩㄢ）」是老鷹，「鳶肩羔膝」指肩聳似老鷹，屈膝似羊羔；「蠅營狗苟」指像蒼蠅一樣逐臭鑽營，像狗一樣苟且偷生。這兩個成語描寫小人如禽獸，極盡卑微、無恥之態。「影附響承」指盲目依附，隨聲附和，同「煙視媚行」一起用以描寫小人作婦人之態。

晚明李維楨《大泌山房集》的描寫更為不堪：「煙視媚行，影附響承，為妾婦態事人，非傲骨所任也。」將「煙視媚行」貶低為妾婦事人之態。

究其原因，大概是「煙」和「媚」這兩個字太過曖昧，太過香豔，因此文學家們不辨本義，把這個美好的形容詞從新媳婦羞澀的體態語言剝離開來，望文生義地用為輕佻、風騷、媚惑，甚至含有挑逗意味的貶義詞。

「誇海口」誇的原來是孔子的口

漫無邊際地說大話被比喻為「誇海口」。「海口」一詞，今天指的是內河通海的出口，如果誇的是這個意義上的海口，那跟說大話又有什麼關係呢？答案是毫無關係，「誇海口」的「海口」，最早誇的是孔子的口。

孔子被儒家和歷代統治者尊為至聖先師，既是至聖先師，那麼命相一定要區別於常人和凡人。不僅孔子如此，歷代的統治者也都不同程度地被賦予奇特的命相，不過孔子的命相大概是這些神化中最奇特的了。

《太平御覽》引《孝經緯．援神契》載：「孔子海口，言若含澤。」孔子的口大而深，就像大海一樣；孔子說出的話，就像含有光澤和香澤，足以潤澤萬物。這是「海口」一詞的最早出處。

後世聖人愈來愈稀罕，即使有也不能跟孔子相比，於是「海口」一詞進入民間俗語，不再專指孔子和統治者的大嘴，而是比喻說大話，同時也是嘲笑敢於「誇海口」的人居然敢拿自己跟聖人相提並論。至遲到元代，「說海口」、「誇海口」的諷刺含義已經定型，就此由形容聖人異相的褒義詞變成了貶義詞。

除了「海口」之外，孔子還有如下奇異的命相：

「首類尼丘山，故以為名。」孔子的頭像尼丘山一樣，中間低，四周高。

「仲尼牛脣。」孔子的嘴脣像牛一樣厚。

「孔子之河目海口。」上下眼眶平正而長的眼睛叫「河目」……

此外還有駢齒、虎掌、龜背等異相，後人總結共四十九表，四十九種與眾不同的外貌特徵。

當然這都是附會之言，不可當真。

「過街老鼠」原來是「過街兔子」之誤

俗話說「過街老鼠，人人喊打」，這句話說起來很痛快，但是仔細一想問題就出來了：第一，老鼠與人相伴而生，有人的地方就一定會有老鼠，老鼠不過是小打小鬧，對人類的危害遠不至於到「人人喊打」的程度；第二，老鼠怕人，體型又小，過街的時候一溜煙兒就跑過去了，哪裡能夠人人都看見從而喊打呢？

清代學者翟灝在《通俗編》一書中給出了一個合理的猜想：「《慎子》：『一兔過街，百人逐之。』按，流俗有過街老鼠語，似承此而訛。」慎子是戰國時期法家思想的代表人物，他的著作《慎子》大多已失傳，不過，《呂氏春秋．慎勢》記錄有一則非常有趣的逸文，用淺顯的話講述了一個簡單的道理。

慎子曰：「今一兔走，百人逐之，非一兔足為百人分也，由未定。由未定，堯且屈力，而況眾人乎？積兔滿市，行者不顧，非不欲兔也，分已定矣。分已定，人雖鄙，不爭。故治天下及國，在乎分定而已矣。」

慎子這段話的意思是說：「如今有一隻兔子在奔跑，上百人在後面追趕，這並不是因為一隻兔子能夠被一百個人所分，而是因為這只兔子無主，所有權尚未確定的緣故。這種情況連堯這樣的聖人都沒辦法解決，更何況眾人呢！市場上堆滿了兔子，但過路的人一眼都不去看，這並不是因為他們不想要兔子，而是因為這些兔子的名分已定，已經有主了。名分已定，即使人們再貪婪也不會去爭。因此治理天下和國家，就在於定名分而已。」

「一兔走，百人逐」，不是比「過街老鼠，人人喊打」更形象更具合理性嗎？翟灝「流俗有過街老鼠語，似承此而訛」的猜想很有道理，後來大概因為人們覺得「百人逐兔」的場景未免過於不雅，將人類逐利的本性描寫得淋漓盡致，因此才將兔子換成更常見的老鼠，同時又將「逐兔」的情節偷換為打老鼠，遂演變成今天這個貶義語感嚴重的俗語，老鼠被賦予害人的色彩，替代了「一兔走，百人逐」的對人類逐利的刻薄嘲諷。

「鼓噪」原來是軍事術語

「鼓噪」一詞，今天多用作貶義詞，意思是起哄、喧嚷、煽動，不過這個詞最初卻是一個軍事術語。

周代有大司馬一職，掌邦政。仲冬（冬季第二個月）的時候，大司馬負責「大閱」，大規模地檢閱軍隊，檢閱完畢後，按照軍隊的建制前往野外狩獵。

《周禮》中有兩句話描繪了「鼓噪」的場景：「及所弊，鼓皆駴，車徒皆譟。」弊，弊止，百姓打獵所止之處，也就是專供天子或諸侯打獵的場所；駴（ㄒㄧˋㄝ），迅猛如雷地擊鼓；「譟」通「噪」，眾人一起大呼。這兩句話的意思是：到了打獵之處，鼓聲如雷響起，兵車上的士卒和步卒們一起大聲呼叫。鄭玄注解說：「吏士鼓噪，像攻敵剋（ㄑㄧˊㄥ）勝而喜也。」

《左傳．成公五年》則描述得更清楚：「宋公子圍龜為質于楚而歸，華元享之。請鼓噪以出，鼓噪以復入，曰：『習攻華氏。』」

宋國大夫華元在楚國當人質，後來讓公子圍龜替代。公子圍龜回到宋國後，華元請他吃飯，公子圍龜對華元恨之入骨，於是要求鼓噪以出，鼓噪以入，並且公然宣稱：「我是在演習進攻華氏。」如此肆無忌憚的挑釁行為，使公子圍龜付出了生命的代價，「宋公殺之」。由此可見，古人出戰之前一定要「鼓噪」，擊鼓呼叫，長自己威風，滅敵人士氣。

「鼓噪」從一個軍事術語，從一個對客觀事實描述的中性詞，變成了聚眾起哄、煽動的貶義詞，是因為戰前擊鼓這一古老習俗漸漸消亡的緣故。

「墨守成規」原來指守著墨子的規則

成語「墨守成規」的意思是：思想保守，守著老規矩不肯改變。但是為什麼稱作「墨守」呢？

原來，「墨守」的「墨」指墨子。墨子名翟，戰國時人，墨家學派的創始人。在他和弟子們所著的《墨子》一書中，有多篇文章都與守城有關，如〈備城門〉、〈備高臨〉、〈備梯〉、〈備水〉、〈備突〉、〈備穴〉、〈旗幟〉、〈號令〉、〈雜守〉等十一篇，皆以守備之法為主題。這也符合墨子的學說「兼愛」、「非攻」。因此，墨子堪稱古代最擅長防守的人，故稱「墨守」。

《墨子．公輸》記載了一個著名的故事：止楚攻宋。公輸盤為楚國製造攻城的雲梯，準備攻打宋國。墨子聽說後，晝夜兼程趕到楚國的國都郢，想說服公輸盤不要攻宋。二人言語不合，於是「子墨子解帶為城，以牒為械。公輸盤九設攻城之機變，子墨子九距之。公輸盤之攻械盡，子墨子之守圉有餘」。墨子解下衣帶當城牆，用木片當守城器械，九攻九禦，公輸盤認輸。

公輸盤恨恨地說：「吾知所以距子矣，吾不言。」墨子也說：「吾知子之所以距我，吾不言。」楚王對二人的啞謎迷惑不解，於是墨子對楚王說：「公輸子之意，不過欲殺臣，殺臣，宋莫能守，可攻也。然臣之弟子禽滑釐等三百人，已持臣守圉之器，在宋城上而待楚寇矣。雖殺臣，不能絕也。」楚王只好打消了攻宋的念頭。

墨子一生為實踐「非攻」理論，消弭戰禍，馬不停蹄地奔走各地，非常繁忙，以至於被人稱作「墨突不黔」。突，煙囪；黔，熏黑。墨子每到一地，做飯的煙囪尚未熏黑，立刻又拔腿就走，趕赴另外一地，「墨突不黔」因此形容事務繁忙。

墨子的門徒被稱作「墨者」，有成就者被稱作「矩子」。墨子發明了很多防禦器具，因此常常隨身攜帶繩墨（木工畫直線的工具）和矩尺（木工所用的曲尺），所以墨家的領袖就尊稱為「矩子」，是紀念墨子之意。「矩子」也寫作「鉅子」，後來泛稱某一方面的權威人物，比如今天的「商界鉅子」、「文壇鉅子」等稱謂，就是從墨家的「矩子」而來。

《莊子．雜篇》說：「以鉅子為聖人，皆願為之尸，冀得為其後世。」這是說墨者以「鉅子」為聖人，都願奉他為首領，希望做他的繼承人。可見墨家對「鉅子」的尊敬。《淮南子．泰族訓》說：「墨子服役者百八十人，皆可使赴火蹈刃，死不還踵。」可見墨家組織之嚴密，紀律之嚴明，當然也就會嚴守墨子的「成規」。

「成規」指現成的或久已通行的規則、方法。隨著時代的發展，有些規則、方法肯定不再適用，因此詞義貶降，指思想保守，守著老規矩不肯改變。墨家的兩大標誌性特徵，「墨守」和「成規」組合在一起，也就此變成了貶義詞。

「窮鬼」其實並不窮

「窮鬼」如今多用作詈詞，罵人貧窮；民間還有「送窮鬼」的習俗，日期不一。

唐代詩人姚合有〈晦日送窮〉詩：「年年到此日，瀝酒拜街中。萬戶千門看，無人不送窮。」唐末五代時人韓鄂《歲華紀麗》載：「孟春晦日，酺聚行樂，送窮。」孟春晦日指正月的最後一天，「酺（ㄆㄨˊ）」指國君特賜臣民聚會大飲酒。據此則唐代時「送窮」日在正月的最後一天。

南宋陳元靚編撰的《歲時廣記》引《圖經》：「池陽風俗，以正月二十九日為窮九日，掃除屋室塵穢，投之水中，謂之送窮。」據此則正月二十九日為「送窮」日。

《歲時廣記》又引北宋呂原明《歲時雜記》：「人日前一日，掃聚糞帚，人未行時，以煎餅七枚覆其上，棄之通衢以送窮。」「人日」是正月初七，據此則正月初六為「送窮」日。

清人顧祿《清嘉錄》引《遠平志》：「正月三日，人多掃積塵於箕，並加敝帚，委諸歧路以送窮。」據此則清代時正月三日為「送窮」日。

韓愈在著名的〈送窮文〉中「三揖窮鬼而告之」，那麼這些「送窮」日送的這位窮鬼到底有無其人？如果有的話，他到底真的窮嗎？

原來，「窮鬼」真的實有其人，但卻不是真的窮。南北朝時期學者宗懍《荊楚歲時記》杜公瞻注引《金谷園記》：「『高陽氏子瘦約，好衣敝衣食糜，人作新衣與之，即裂破，以火燒穿著之，宮中號曰窮子，正月晦日巷死。』今人作糜，棄破衣，是日祀於巷，曰送窮鬼。」

「糜」是粥。高陽氏即傳說中五帝之一的顓頊（ㄓㄨㄢ ㄒㄩˋ）。既為帝王之子，怎麼可能窮呢，看來穿破衣、食粥僅僅是此子的愛好，而宮人就此稱之「窮子」，正月的最後一天死於巷中。「送窮鬼」的風俗即由此而來。窮鬼乃是帝王之子，因此明清時期又稱「窮鬼」為「窮神」。由此可知，所謂「送窮日」本來是楚地紀念顓頊之子的習俗，如今卻變成了貶義的詈詞。

「豬頭」原來是祭祀的敬供

有人把「豬頭」的稱謂歸之於網路新詞，用一種親昵的口吻譏諷對方蠢笨。其實不然，「豬頭」之稱在吳語和上海話中早就存在，全稱為「豬頭三」。

至於「豬頭三」的語源，各種上海話辭典都認為來自「豬頭三牲」，三牲指祭祀時所用的豬、雞、魚，以豬為首，故稱「豬頭三牲」。當這個稱謂轉變為詈詞的時候，吳語採用歇後語的形式，省去最後一個字「牲」，用「豬頭三」來歇後「牲」，罵人是「畜牲」的意思，再後來泛指蠢笨之人。也有學者認為「牲」和「生」讀音相同，上海話用來形容那些剛剛來到上海，對城市生活陌生的鄉下人。

香港俗語中亦有「豬頭丙」的稱謂，同樣是罵人呆笨。專攻本土風俗掌故的香港學者吳昊在《港式廣府話研究》一書中寫道：「原來上海人罵初來之陌生人做『豬頭三』，係取『豬頭三牲』之意……『豬頭三』的『三』，相當於甲乙丙的『丙』（排行第三），順理成章變出個『豬頭丙』了。」

「豬頭三—牲」，吳語的這個詈詞可謂是「縮腳韻」的典型體現。所謂「縮腳韻」，是指將慣用語或俗語的最後一個字藏起來，只用前面的幾個字來暗指最後一個字。因此，「豬頭三」這一詈詞可謂極富創造性。

《禮記．王制》載：「天子社稷皆太牢，諸侯社稷皆少牢。」「社稷」指土地神和穀神，用作國家的代稱；「太牢」指牛、羊、豕（豬）三牲具備，為天子祭祀所專用；「少牢」指只用羊、豕二牲，為諸侯祭祀所用。牛、羊、豕具備又俗稱「大三牲」。太牢、少牢為天子和諸侯祭祀所用，一般的平民百姓是用不起的，但平民百姓也要祭祀自己的先祖，於是後來就發展出「小三牲」，即豬、雞、魚，這「小三牲」都是常見而且易於得到的家畜、家禽和水產品。

晚清學者平步青《霞外攟屑》卷十有「豬頭」一條，開頭就寫道：「越俗祀神以豬頭為敬。」這一祀神習俗其來有自，《周禮》載，周代有掌祭祀的「小子」一職，職責之一是「掌珥於社稷，祈於五祀」。「珥」通「衈（ㄦˇ）」，指祭禮前殺牲取血，塗在器物上面，向五種神祇祈福。東漢學者、大司農鄭眾注解說：「珥社稷，以牲頭祭也。」賈公彥解釋說：「漢時祈禱，有牲頭祭。」可見漢代時有用祭牲的頭祭祀的習俗，後世有「晴吃羊頭雨吃豬頭」的民間諺語，即由此而來。

其實不僅漢代才有牲頭祭，秦以前就有了。《禮記．郊特牲》載：「用牲於庭，升首於室。」在庭院中殺牲，然後將祭牲的頭掛在朝北的窗下。鄭玄注解說：「升牲首於北墉下，尊首尚氣也。」古人認為頭屬陽，因此要將牲頭掛在朝北的窗下，以報陽氣。

牲頭祭當然也包括豬頭，因此正如平步青所說「越俗祀神以豬頭為敬」。清代學者翟灝《通俗編》中說：「今人只用牲頭，蓋沿珥祭之制。」也呼應了平步青的記載。

民間歇後語有「廟裡的豬頭─是有主的」，甘肅俗語也有「豬頭提上尋不著廟門」等說法，這裡的廟不是指寺廟，而是指祭祀的宗廟或家廟，「豬頭」即為獻供所用。

綜上所述，豬頭本是祭祀的敬供之禮，竟然被吳人當作詈詞來使用，從中不僅可以看到吳人的智慧和創造性，同時也表明豬的地位在民間早已下降到被人調侃的地步。而今人流行的「豬頭」之稱，當然是從「豬頭三」省略而來的貶義詈詞。

「蕞爾小國」的「蕞」原來指束茅草表位次

「蕞爾」雖然是一個極為生僻的詞彙，但今天仍然在使用，而且使用的頻率還比較高，通常用於以輕蔑的口吻稱呼國土面積非常小、又喜歡冒犯大國的國家，比如「蕞爾小國」、「蕞爾小邦」這樣的組詞方式。那麼，「蕞」到底是什麼東西？為什麼可以用來比喻小國呢？

先來說「蕞」的讀音。「蕞」有二音，一讀ㄗㄨㄟˋ，這也是今天的通用讀音；一讀ㄐㄩㄝˊ，讀這個音的時候，「蕞」其實和「蕝」是同一個字，自漢代起方才分道揚鑣，各自表述。《說文解字》中只收錄了「蕝」，而沒有收錄「蕞」。

接著來說「蕞」和「蕝」的字義。《說文解字》：「蕝，朝會束茅表位曰蕝。」也就是說，古代諸侯朝謁國君的時候，將一束捆紮好的茅草樹立在地上，用以表明各諸侯國的位次。今天的奧運會開幕式，用標牌寫明各個國家的名稱，標牌後面才是國旗和運動員，也是同樣的意思。

《國語．晉語》有一個諸侯會盟的故事，就是這一制度的形象寫照：「宋之盟，楚人固請先歃。叔向謂趙文子曰：『夫霸王之勢，在德不在先歃，子若能以忠信贊君，而裨諸侯之闕，歃雖在後，諸侯將載之，何爭於先？若違於德而以賄成事，今雖先歃，諸侯將棄之，何欲於先？昔成王盟諸侯於岐陽，楚為荊蠻，置茅蕝，設望表，與鮮卑守燎，故不與盟。今將與狎主諸侯之盟，唯有德也，子務德無爭先，務德，所以服楚也。』乃先楚人。」

古人會盟，要用嘴微吸牲血或者將牲血塗抹在嘴旁，這就叫「歃（ㄕㄚˋ）」，所謂「歃血而盟」就是這個意思。這次在宋國的會盟中，強大的楚國堅決要求領先歃血盟誓，於是才有了晉國國卿叔向對大夫趙文子的這番話，意思是說諸侯會盟，要以德行為先，沒必要爭先歃血。過去周成王在岐山之南與諸侯會盟，楚國還只是荊蠻小國，只能負責放置束茅，設立望表，和鮮卑共同守候庭院中的火炬，還沒有資格參與會盟。而今天竟然能夠和我們晉國輪流主持會盟，這就是因為楚國修德的結果。

「茅蕝」，三國學者韋昭注解說：「蕝，謂束茅而立之，所以縮酒。」將束茅樹立起來之後，從上往下澆酒，酒慢慢滲下去，就像被神靈飲盡一樣，此之謂「縮酒」，「縮」是滲的意思。「望表」，韋昭注解說：「謂望祭山川，立木以為表，表其位也。」遙遙地祭祀山川，樹立木杆以為標識。這些都是古人祭祀的常用方式。

《左傳．昭公七年》第一次出現了「蕞爾國」的表述。在一段對話中，鄭國國卿子產謙虛地說：「鄭雖無腆，抑諺曰『蕞爾國』，而三世執其政柄。」意思是鄭國雖然不強大，就像俗語說的「蕞爾國」，小小的國家，但也已經三代執掌國柄了。由此可知，當時已經流行把小國稱作「蕞爾國」的俗諺了。

到了漢代，《史記．劉敬叔孫通列傳》載：儒生叔孫通為劉邦制訂朝儀，率領學者和弟子「為綿蕞野外」，「綿」是束茅的繩子，立表為蕞，「綿蕞」就是上文所說的「置茅蕝」。司馬貞索隱引如淳的注解說：「翦茅樹地，為纂位尊卑之次。」「纂（ㄗㄨㄢˇ）」是繼承之意，也就是說，「綿蕞」的目的在於標明尊卑的位次，以便後人有法可依。如何標明尊卑之次？「蕞茅」也，顯然是以束茅的長短不同來標明，尊者長，卑者短，因此用「蕞爾」來比喻小小的樣子，最初並沒有輕蔑的含義在內。

也就是從這時開始，「蕝」和「蕞」分道揚鑣：「蕝」專用於「綿蕝」一詞，引申為制訂、整頓朝儀之典；而「蕞」則專用於「蕞爾」一詞，「蕞爾小國」貶義稱謂即由此而來。

「錙銖必較」的「錙銖」到底有多重

成語「錙銖必較」的意思是：對極少的錢、極小的事都要計較，形容人極其吝嗇或氣量狹小。那麼，「錙銖」到底有多重呢？

《說文解字》：「錙，六銖也。」又解釋「兩」：「兩，二十四銖為一兩。」因此，「錙」和「銖」都是重量單位，「錙」是一兩的四分之一，「銖」是一兩的二十四分之一，可見其重量或數量之微，古人因此就用「錙銖」來比喻極其微小的重量或數量。

《禮記．儒行》借孔子和魯哀公的對話，描述孔子心目中真正的儒者到底是什麼樣子。子曰：「儒有上不臣天子，下不事諸侯；慎靜而尚寬，強毅以與人，博學以知服；近文章，砥厲廉隅；雖分國如錙銖，不臣不仕。其規為有如此者。」

「上不臣天子」，孔穎達注解說不食周粟的伯夷、叔齊就是這種人。「下不事諸侯」，孔穎達注解說春秋時期楚國的隱士長沮、桀溺就是這種人。「雖分國如錙銖」，孔穎達注解說：「言君雖分國以祿之，視之輕如錙銖，不貴重也。」即使把一個國家分給你作為俸祿，也視之輕如錙銖，這才是真正的儒者的「規為」。所謂「規為」，孔穎達注解說：「謂不與人為臣，不求仕官，但自規度所為之事而行。」不做臣子，不當官，凡事都只憑我自己的規則、謀度而行事。

「輕如錙銖」，當然是表示重量；「錙銖」還可以用來表示數量。《莊子．達生》記載了一個有趣的故事。

孔子去楚國，從林中出來，看到一個駝背在捕蟬，像在地上撿拾一樣容易。孔子問道：「您的手太巧了！有什麼訣竅嗎？」駝背回答說：「我有道也。五六月累丸二而不墜，則失者錙銖；累三而不墜，則失者十一；累五而不墜，猶掇之也。」意思是說：練習五六個月，在竿頭堆疊起兩顆彈丸而不墜落，那麼失手的時候就很少；堆疊三顆而不墜落，那麼失手的時候十之有一；堆疊五顆而不墜落，就像在地上撿拾一樣容易了。

駝背接著描述自己的狀態：「吾處身也，若厥株拘。」我站定身子，像折斷下墜的枯樹根。「吾執臂也，若槁木之枝。」我舉竿的手臂，像枯木枝。「雖天地之大，萬物之多，而唯蜩翼之知。」雖然天地很大，萬物眾多，而我的注意力只在蟬翼上。

孔子聽完這番話，讚嘆道：「用志不分，乃凝於神，其痀僂丈人之謂乎！」運用心志而不分散，精神就會高度凝聚，說的不就是這位駝背老丈嗎！這裡的「錙銖」一詞表示極少的數量、次數。

《荀子．富國》寫道：「割國之錙銖以賂之，則割定而欲無厭。」割讓國家的錙銖之地去賄賂，那麼割讓完畢後對方的欲望也不會滿足。後人遂用計較重量或數量之微的「錙銖」來比喻吝嗇或氣量狹小，從而產生了「錙銖必較」這個貶義的成語。

「雕蟲小技」原來指會寫蟲書

「雕蟲小技」比喻微不足道的技能，用來謙稱自己寫的詩作或文章，後來也用來比喻做事情時使用的不過是小技巧而已。

「雕」當然是刻的意思，那麼什麼是「蟲」呢？「蟲」怎麼能被雕刻呢？原來，這裡的「蟲」並不是某一種具體的蟲子，而是秦代時定型的八種書寫字體，稱為「秦書八體」。據《說文解字》載，八體分別是：

第一，大篆。廣義的大篆指秦代以前的甲骨文、金文、籀（ㄓㄡˋ）文和通行於春秋戰國時期除秦以外的六國的古文；狹義的大篆單指籀文，籀文是周宣王時太史籀寫的十五篇文字。

第二，小篆。小篆是秦始皇有感於全國文字不統一，命李斯和趙高將大篆簡化而創製的文字，所以又稱「秦篆」。

第三，刻符。專刻於符節上的字體。符節是古代派遣使者或調兵時用作憑證的東西，用竹、木、玉、銅等製成，上刻文字，分為兩半，一半存於朝廷，一半給外任官員或出征將帥，使用時以兩半相合為驗。這種字體因為是用刀刻在金屬上，筆畫不能婉轉如意，所以字體近於平直，形體近於方正。

第四，蟲書。篆書中的花體，常常鑄或刻在兵器、旗幟和符節上，形狀像鳥和蟲的樣子，故稱「蟲書」。「雕蟲」就是指刻寫蟲書。

第五，摹印。用來摹製印章的一種篆書體。

第六，署書。題在匾額上的文字。

第七，殳書。鑄在兵器上的文字。「殳（ㄕㄨ）」是一種用竹或木製成，起撞擊或前導作用的兵器。

第八，隸書。

《北史．李渾傳》載，李渾是北齊大臣，學問很大，文宣帝高洋命他組織一套班子，制定新的法律法規《麟趾格》。班子裡面還有著名的史學家和文學家魏收。文人相輕，李渾有一次就對魏收說：「雕蟲小技，我不如卿；國典朝章，卿不如我。」意思是說，寫那些花花繞繞的「蟲書」，我不如你魏收；但是制定國家的典章制度，你魏收可就比不上我了。很顯然看不起魏收，「雕蟲小技」因此成了一個貶義詞，常與「微不足道」連用。

「龜縮」原來指避害

今天日常用語中的「龜縮」一詞，又叫「龜縮頭」，比喻膽小怕事，遇到危險的時候，就像烏龜一樣把頭藏進甲殼裡面。但此詞起源很晚，宋人胡繼宗所輯、對兒童進行初步文學教育的類書《書言故事大全》「水族類」中寫道：「不強出頭曰縮頭。唐詩：萬事如今龜縮頭。」

「龜縮頭」一詞雖然極為形象，但我們觀察烏龜受驚時候的樣子，卻並非僅僅縮頭，而是將頭、尾和四肢全都縮進甲殼之中。因此我認為晚出的「龜縮頭」或「龜縮」一詞來源於古代的一個特定詞彙「龜藏六」。

需要說明的是，古漢語中尚有「龜藏」之用語，特指將占卜所用的龜甲珍藏起來。《史記・龜策列傳》載：「略聞夏、殷欲卜者，乃取蓍龜，已則棄去之，以為龜藏則不靈，蓍久則不神。至周室之卜官，常寶藏蓍龜。」「蓍（ㄕ）」是占卜所用的蓍草。夏代和殷代認為久藏的龜甲不靈，久存的蓍草不神；而周代的占卜之官則習慣於寶藏蓍草和龜甲。「龜藏」一詞乃是特指，跟「龜藏六」完全不同。

「龜藏六」一詞出自南朝劉宋時期天竺僧求那跋陀羅所譯《雜阿含經》卷四十三中的一個有趣的故事：「爾時，世尊告諸比丘：『過去世時有河中草，有龜於中住止。時，有野干饑行覓食，遙見龜蟲，疾來捉取。龜蟲見來，即便藏六，野干守伺，冀出頭足，欲取食之。久守，龜蟲永不出頭，亦不出足，野干饑乏，嗔恚而去。』」

「野干」又稱「射（ㄧㄝˋ）干」，似狐而小，形色青黃，如狗群行，夜鳴如狼，善於攀援高樹。碰到野干這種怪獸，烏龜立刻「藏六」，將頭、尾和四肢統統縮進甲殼之中，再不出頭。世尊用「龜藏六」來比喻人的眼、耳、鼻、舌、身、意六根，六根如果脫出，惡魔就無法趁虛而入，「猶如龜蟲，野干不得其便」。

「龜藏六」本為避害，因此後人用來比喻人的才智不外露，以免招嫉惹禍。不過「龜藏六」中龜頭最長，縮進甲殼的速度也最快，最為引人注目，因此後人將拗口的「龜藏六」改稱為更朗朗上口的「龜縮頭」或「龜縮」一詞，遂由中性詞變成了貶義詞。

「應聲蟲」原來是人腹中的怪蟲

在今天的日常口語中，「應聲蟲」指那些毫無主見，只知道一味應和別人，隨聲附和的人。但在唐代，「應聲蟲」卻是引發一種怪病的怪蟲，而且還很常見。這種病的特徵是：患者腹內生蟲；人說話，蟲即小聲應之。這種蟲就叫「應聲蟲」。

張鷟（ㄓㄨㄛˊ）《朝野僉載》收錄了一則有趣的故事：「洛州有士人患應語病，語即喉中應之。以問善醫張文仲，經夜思之，乃得一法。即取《本草》令讀之，皆應；至其所畏者，即不言。仲乃錄，取藥，合和為丸，服之應時而愈。」

這種病叫「應語病」，患者一說話，喉中即有回應。不過從《本草》中得來的這味藥到底是什麼，張鷟卻沒有記載。

劉餗（ㄙㄨˋ）《隋唐嘉話》把治好這種病的功勞歸於名醫蘇澄：「有患應聲病者，問醫官蘇澄，云：『自古無此方。今吾所撰《本草》，網羅天下藥物，亦謂盡矣。試將讀之，應有所覺。』其人每發一聲，腹中輒應，唯至一藥，再三無聲。過至他藥，復應如初。澄因為處方，以此藥為主，其病自除。」也沒有提到哪味藥可治此病。

到了宋代，吳曾《能改齋漫錄》引陳正敏《遯齋閑覽》的記載，終於提到了具體的藥方：「楊勔中年得異疾，每發言應答，腹中有小聲效之。數年間，其聲寖大。有道士見而驚曰：『此應聲蟲也，久不治，延及妻子。宜讀《本草》，遇蟲不應者，當取服之。』勔如言，讀至雷丸，蟲忽無聲。乃頓餌數粒，遂愈。」

雷丸是白蘑科真菌雷丸的乾燥菌核，李時珍《本草綱目》寫道：「此物生土中，無苗葉而殺蟲逐邪，猶雷之丸也。竹之餘氣所結，故曰竹苓。」

洪邁《夷堅志》也記載了這種病，但提供的藥方則有不同：「永州通判廳軍員毛景得奇疾，每語，喉中輒有物作聲相應。有道人教令學誦《本草》藥名，至藍而默然。遂取藍捩汁飲之。少頃，嘔出肉塊，長二寸餘，人形悉具。」「藍」指蓼藍、馬藍、木藍、菘藍這四種可製藍色染料的植物，「捩（ㄌㄧㄝˋ）」是折斷之意，將藍折斷取汁飲用。

明人田藝蘅《留青日劄》引述學者楊慎的話：「己無特見，一一隨人之聲而和之，譬之應聲蟲焉。」「應聲蟲」移用到人的身上，轉喻為沒有主見、隨聲附和的人，從而成為一個貶義詞，只是不知道雷丸和藍汁能否治癒人的這種隨聲附和之病。

「獵豔」、「漁色」為何跟打獵、捕魚有關

「獵豔」和「漁色」一樣都是貶義詞，比喻花花公子獵取女色。這是典型的男權社會的日常用語，男尊女卑，男人將女人視為獵物，追逐女人就像打獵和捕魚，得到了女人，無非就是這場狩獵活動的戰利品而已。

不過，「獵豔」最初並非此義。在《文心雕龍．辨騷》一章中，劉勰批評學習屈原的人，其中有一類是「中巧者獵其豔詞」，中等才能的人只會搜獵學習屈原和宋玉的豔詞。此處的「獵豔」指搜求華麗的詞彙。明代學者楊慎〈星回之夕夢一美丈夫〉一詩吟詠道：「鴻裁誰獵豔，空自拾江蘺。」這是形容宋玉之賦的華美。因此「獵豔」本是一個中性詞。

「漁色」一詞的語源更早。《禮記．坊記》對諸侯娶妻妾有嚴格的規定：「諸侯不下漁色。」鄭玄注解說：「諸侯不下漁色，謂不內取於國中也。內取國中為『下漁色』。昏禮始納采，謂採擇其可者也。國君而內取，像捕魚然，中網取之，是無所擇。」「納采」是婚禮的一道程序，指男方採擇、挑選定了女方。而對於國君來說，國中女子皆其子民，皆其網中之魚，無須採擇，因此才規定諸侯不能娶國中女子。

孔穎達解釋得更清楚：「漁色，謂漁人取魚，中網者皆取之。譬如取美色，中意者皆取之，若漁人求魚，故云漁色。諸侯當外取，不得下向國中取卿、大夫、士之女。若下向內取國中，似

漁人之求魚無所擇，故云不下漁色。」

中性的「獵豔」一詞，後來發生了「詞義貶降」現象，「豔」專指女色，因此成為獵取女色的貶義詞；否定性的「不下漁色」的規定，失去了儆戒意味，「漁色」遂成為與「獵豔」同義的貶義詞。

「露馬腳」原來出自「假弄麒麟」的遊戲

真相敗露，俗語叫作「露馬腳」，為什麼偏偏露的是馬腳而不是別的動物的腳呢？網路上流行的解釋非常可笑，說是朱元璋的老婆馬氏，出身平民之家，從小就要幹活，因此沒有纏足，當上皇后之後，常常為自己的一雙大腳害羞，總是穿上一襲曳地長裙，把兩隻腳遮掩起來。不料有一次出門，大風吹起長裙，露出了馬氏的一雙大腳，一下子轟動全國，成為大明娛樂界最聳人聽聞的新聞，因此演化出「露馬腳」這個俗語，意為露出馬氏的大腳。

這個說法純粹屬望文生義，如果朱元璋的老婆不姓馬而姓牛，估計還會編派出「露牛腳」之類的說法。事實上，早於明代的元雜劇《包待制陳州糶米》中就已經出現了這個俗語：「兄弟，這老兒不好惹，動不動先斬後聞。這一來，則怕我們露出馬腳來了。」

再往上追溯到唐代，可以發現真正的「馬腳」「露」出來了。北宋大型類書《太平廣記》引唐代文學家張鷟《朝野僉載》，講述了「初唐四傑」之一楊炯的一則軼事：「唐衢州盈川縣令楊炯，詞學優長，恃才簡倨，不容於時。每見朝官，目為麒麟楦。人問其故，楊曰：『今餔樂假弄麒麟者，刻畫頭角，修飾皮毛，覆之驢上，巡場而走，及脫皮褐，還是驢馬。無德而衣朱紫者，與驢覆麟皮何別矣？』」

楊炯恃才傲物，誰都看不起，見了當朝官員就叫他們「麒麟楦」。「楦（ㄒㄩㄢˋ）」是製鞋帽所用的模型，稱「楦子」。「麒麟楦」是唐代演戲時假充麒麟的驢子或馬。為什麼把官員叫「麒麟楦」呢？當時的人也都很奇怪，楊炯回答道：當朝穿著朱紫服飾的高官都是無德之輩，就像演戲時假充麒麟的驢子或馬一樣，雖然惟妙惟肖，但是揭掉覆蓋在驢子或馬身上的皮製短衣，原來不是麒麟，仍然是一頭驢子或馬。

麒麟是傳說中的仁獸，古人用驢或馬來假充麒麟，是為「假弄麒麟」的遊戲。假充麒麟的上半身好辦，只需「刻畫頭角，修飾皮毛」即可，但因為做戲的驢或馬披的乃是「皮褐」，即皮製的短衣，所以四條腿無法遮掩得盡善盡美，演戲時常常就露了出來，此之謂「露馬腳」或「露驢腳」。

明代僧人居頂編撰的《續傳燈錄》屢屢使用「驢腳」的比喻，比如「佛手難藏，驢腳自露」。由此可知「露馬腳」和「露驢腳」都是通用的俗語，只是因為日常生活中馬更為常見，性格更為溫順，於是「假弄麒麟」就更常使用馬，因此才把這個俗語定型為「露馬腳」，形容徒有其表的人或物總有一天會顯出破綻，暴露真相，「假弄麒麟」之戲由此演變出一個貶義詞。

「贗品」竟然跟家鵝有關

「贗品」一詞，通常指假貨，尤其指偽造的文物或偽託原作的書畫，以假充真，用來行騙。但這個稱謂中的「贗」字到底是怎麼造出來的，又為何能指稱這樣的義項，是一個非常有趣的問題。

起初，在古代動物分類學中，「雁」和「鴈」分指不同的禽類。簡單地說：「野曰雁，家曰鵝。」「雁」為野生的鴻雁、大雁、野鵝，「鴈」為馴養的舒雁、家雁、家鵝。「舒雁」之「舒」，描述的正是被馴化後與人類共同生活的家鵝的形態特徵：行為舒遲，從容不迫，迥異於野生動物對人類的警惕。

不過「雁」和「鴈」的這種區別早就混淆了。

周代有「六摯」之禮，即相見時饋贈的六種禮物。《周禮．春官．大宗伯》載：「以禽作六摯，以等諸臣。」用禽類作見面禮，以區別諸臣的等級。

「六摯」分別為：「孤執皮帛，卿執羔，大夫執鴈，士執雉，庶人執鶩，工商執雞。」諸侯國的國君自稱「孤」，「皮帛」指以虎豹之皮作為裝飾的絲織品，用皮帛作見面禮；卿用小羊作見面禮；大夫用鴈作見面禮；「雉」是野雞，士用野雞作見面禮；「鶩（ㄨˋ）」是野鴨，「庶人」指沒有官爵的平民，用野鴨作見面禮；從事工商之人用雞作見面禮。

其中「大夫執鴈」，鄭玄注解說：「鴈，取其候時而行。」顯然指的是作為候鳥的大雁，而不是家鵝。

《儀禮・士昏禮》載：「納采用鴈。」「納采」指定親時男方送聘禮給女方，這個聘禮就是「鴈」。鄭玄注解說：「用雁為摯者，取其順陰陽往來。」指的同樣是候鳥「順陰陽往來」的特徵，而不是指家鵝。可見「雁」和「鴈」早就混用了。

不過，野生之「雁」不易得，而家養之「鴈」易得，家鵝因此而有假雁之義，引申指偽造之物。《韓非子・說林下》記載了一個故事：「齊伐魯，索讒鼎，魯以其鴈往。齊人曰：『鴈也。』魯人曰：『真也。』」「讒鼎」乃魯國重器，當然不可能隨隨便便就供獻給齊國，因此偽造了一尊鼎送給齊國，這尊偽造的鼎就稱作「鴈」。

後人為區別於動物之「雁」和「鴈」，於是為「鴈」加了一個表示錢財和貿易商品的「貝」，造出「贗」字，專指偽造之物，又因混淆而寫為「贋」，冒充真品的「贋品」也就此成了一個非常刻薄的貶義詞。

「戀棧」為何比喻貪戀官位

「戀棧」一詞，古時比喻貪戀祿位，今天的官員們發的工資不再稱作俸祿，因此用來比喻貪戀官位。那麼，「戀棧」的「棧」是什麼意思？當官的為什麼會貪戀「棧」呢？

這是一個非常刻薄的比喻，因為「棧」的本義是牲口棚。為什麼會貪戀牲口棚呢？因為牲口棚裡有「棧豆」。「棧豆」特指馬棚裡的豆料，僅僅是一口吃的，因此「棧豆」用來比喻所顧惜的小利。陸游有詩〈六十吟〉：「孤松摧折老澗壑，病馬淒涼依棧豆。」病馬什麼都幹不了，只能在馬棚裡吃上一口「棧豆」，這是多麼淒涼的景象啊！

「戀棧」一詞出自三國時期曹爽的故事。曹爽乃曹魏權臣，專權弄政，排擠司馬懿。西元二四九年，司馬懿趁曹爽前往高平陵拜祭魏明帝的機會，發動政變，一舉占據了洛陽。大司農桓範逃出洛陽城，投奔曹爽，勸曹爽前往許昌，以皇帝的名義擁兵對抗司馬懿。

干寶《晉書》載，當桓範投奔曹爽的時候，司馬懿對大臣蔣濟說：「智囊往矣。」蔣濟卻不屑地說：「範則智矣，駑馬戀棧豆，爽必不能用也。」桓範固然是智囊，但是曹爽屬「駑馬戀棧豆」之輩，一定不會採用桓範的計策。

事實果然如此，司馬懿承諾不殺曹爽，僅僅免去他的官職，曹爽一聽大喜，恬不知恥地說：「我不失作富家翁。」面對不爭氣的曹爽，桓範痛哭道：「曹子丹佳人，生汝兄弟，犢耳！何圖今日坐汝等族滅矣！」曹真，字子丹，曹爽是其長子。桓範嘆息曹真勇猛一世，卻生出如此犢子一樣的兒子。最終的結果是曹爽連富家翁都沒能做成，而是應驗了桓範「族滅」的預言。

蔣濟所說的「駑馬戀棧豆」，駑馬是不堪大用的劣馬，貪戀的就是那一口「棧豆」，轉喻到人身上，就變成了一個刻薄的貶義詞。

「齷齪」原來不是指卑鄙

「齷齪」一詞在今天的日常用語中多用於卑鄙醜惡、骯髒的意思。這兩個字既然從齒，那麼就一定跟牙齒有關。北宋韻書《廣韻》說：「齷齪，齒相近。」南宋學者戴侗《六書故》則解釋說：「齷齪，齒細密也。故人之曲謹者亦曰齷齪。」因為牙齒排列得很緊，幾乎沒有任何空間，由此而引申形容一個人器量狹隘，拘於小節。

南朝宋鮑照〈代放歌行〉吟詠道：「小人自齷齪，安知曠士懷。」曠士是胸襟開闊之士，正好是拘於瑣碎、限於狹隘的「齷齪小人」的反面。李白〈九日登巴陵置酒望洞庭水軍〉一詩中有「齷齪東籬下，淵明不足群」之句，形容陶淵明居住在局促、狹隘的東籬下，不足以效仿。

清代文學家袁枚《隨園詩話》載：「王西莊光祿為人作序云：『所謂詩人者，非必其能吟詩也，果能胸境超脫，相對溫雅，雖一字不識，真詩人矣。如其胸境齷齪，相對塵俗，雖終日咬文嚼字，連篇累牘，乃非詩人矣。』」「齷齪」的詞義更為顯豁，指境界狹小、拘於塵俗的詩人。

「齷齪」一詞入詩，最有名的是孟郊〈登科後〉：「昔日齷齪不足誇，今朝放蕩思無涯。春風得意馬蹄疾，一日看盡長安花。」「齷齪」跟登科後的春風得意相比照，活脫脫地描繪出沒有登科時局促、困頓的情形。

在上述用例中，不管是形容局促的環境，還是人拘於小節的性格，「齷齪」都只是中性詞。

大約從宋代開始，才漸漸引申出卑鄙和骯髒的義項。比如宋人方勺《青溪寇軌》記方臘起兵時的檄文：「三十年來，元老舊臣貶死殆盡，當軸者皆齷齪邪佞之徒，但知以聲色土木淫蠱上心耳。」「齷齪」和「邪佞」並舉，可見有多麼的卑鄙醜惡。

到了元明時期，「齷齪」開始進入人們的口語，戲曲和話本小說中屢屢出現，高文秀雜劇《黑旋風雙獻功》第一折：「他見我風吹的齷齪，是這鼻凹裡黑。」《古今小說·沈小霞相會出師表》：「賃房盡有，只是齷齪低窪，急切難得中意的。」都是骯髒的意思。到了近代，「齷齪」完全進入人們的日常用語，成為應用廣泛的貶義詞。

「蠻夷戎狄」原來並不是蔑稱

蠻夷戎狄，是中原地區以華夏族自居的諸國對周邊部族的蔑稱。不過，上古以至夏商周三代，華夏族與周邊部族雜處，互相混血，哪裡有鄙薄之舉？直到西周末年，周邊入侵，周王朝的優越感面臨危險，憎惡感才油然而生。《詩經・小雅・采芑（ㄑㄧˇ）》是一首描寫周宣王的大將方叔為震懾楚國而進行軍事演習的詩篇，其中有「蠢爾蠻荊，大邦為仇」的詩句，稱楚國為「蠢」，這是文獻中第一次對周邊部族的貶斥之語，直接原因就在於楚國對周王室的軍事威脅。《國語・鄭語》載：周太史史伯謂周邊諸國「皆蠻、荊、戎、狄之人也，非親則頑，不可入也」，明確地將蠻、荊、戎、狄斥為頑類，成為公開的貶斥。

但是「蠻夷戎狄」起初卻並不是對周邊部族的蔑稱。

《說文解字》：「蠻，南蠻，蛇種。從蟲。」班固《白虎通義》中也說：「蠻蟲難化，執心違邪。」其實「蠻」的本字為「䜌」，中間為「言」，兩邊是兩串絲。南方多蠶、絲，因此經常以絲作譬喻。蠶絲如果繞在一起成為亂絲，就會毫無頭緒，紛亂而理不清，南方之人的「言」就像亂絲一樣繞來繞去，讓北方人完全聽不懂。這就是「䜌」之所以從絲從言的原因，原本是形容南方人說話的特點，屬如實寫照。「蟲」是漢代才加上去的。

除了「蠻」之外，甲骨文中就已經出現的「夷」、「戎」、「狄」三個字都沒有任何貶義成分。

「夷」即東夷，是東方九個民族的總稱，又稱「九夷」。「夷」的甲骨文字形顯示他們有兩大引人注目的特徵：一是日常生活取蹲姿，二是善射。《論語．子罕》載，孔子就曾經想去九夷居住，稱「君子居之」。

「戎」即西戎。「戎」的甲骨文字形為：戰士一手持盾牌，一手持戈。之所以稱西方部族為「戎」，正是因為他們擅長持戈盾作戰，是驍勇的武士。《大戴禮記．千乘》中如此描述：「西辟之民曰戎，勁以剛。」「勁以剛」，非常鮮明地描述了西戎驍勇武士的特徵。

「狄」即北狄，有五狄、六狄、八狄等等不同歷史時期的分類。「狄」的甲骨文字形是一個人牽著一條狗。北方的遊牧民族總是帶著兇猛的獵犬，因為獵犬乃是遊牧生活中最重要的助手和夥伴。《說文解字》：「狄，赤狄，本犬種。狄之為言淫辟也。」張舜徽先生在《說文解字約注》中有力地駁斥了許慎的錯誤觀點：「北人多事遊獵，故狄字從犬，謂常以犬自隨也。此猶西方安於畜牧，故羌字從人從羊耳。許書沿襲俗論，以犬種釋狄，固已大謬；又申之以淫辟義，尤為無據。」

由此可見，最初造出「蠻夷戎狄」四個字，分別用來命名各方國的時候，根本是出於寫實，對各部族日常生活中最醒目的特徵進行如實描繪。到西周末年，方才開啟綿延兩千多年的「華夷之辨」的思維定勢，「蠻夷戎狄」才成為貶義的蔑稱。

這些詞，原來不是貶義詞

作　　者	許暉
責任編輯	何維民

版　　權	吳玲緯　楊靜
行　　銷	闕志勳　吳宇軒　余一霞
業　　務	李再星　李振東　陳美燕
副總編輯	何維民
總 經 理	巫維珍
編輯總監	劉麗真
事業群總經理	謝至平
發 行 人	何飛鵬

出　　版　麥田出版
115 台北市南港區昆陽街16號4樓
電話：02-25000888　傳真：02-25001951

發　　行　英屬蓋曼群島商家庭傳媒股份有限公司城邦分公司
115 台北市南港區昆陽街16號8樓
客服專線：02-25007718；02-25007719
24 小時傳真服務：02-25001990；02-25001991
服務時間：週一至週五 09:30-12:00，13:30-17:00
郵撥帳號：19863813　戶名：書虫股份有限公司
讀者服務信箱 E-mail：service@readingclub.com.tw
城邦網址：http://www.cite.com.tw
麥田出版臉書：http://www.facebook.com/RyeField.Cite/

香港發行所　城邦（香港）出版集團有限公司
香港九龍土瓜灣土瓜灣道 86 號順聯工業大廈 6 樓 A 室
電話：852-25086231
傳真：852-25789337

馬新發行所　城邦（馬新）出版集團
41, Jalan Radin Anum, Bandar Baru Seri Petaling,
57000 Kuala Lumpur, Malaysia.
電話：+6 (03) 90563833　傳真：+6 (03) 90563833　E-mail：service@cite.my

印　　刷	漾格科技股份有限公司
電腦排版	黃雅藍
書封設計	巫麗雪

初版一刷　2025 年 8 月

定　　價　320 元
I S B N　978-626-310-933-9

國家圖書館出版品預行編目資料

這些詞，原來不是貶義詞／許暉著. -- 初版. -- 臺北市：麥田出版：
英屬蓋曼群島商家庭傳媒股份有限公司城邦分公司發行, 2025.08
232面；14.8×21公分
ISBN 978-626-310-933-9（平裝）

1. CST：漢語　2. CST：詞源學
802.18　　114008348